Ce livre est dédié à un ange tombé du ciel qui a su me donner inspiration, force et confiance pour démarrer cette aventure.

Le premier volume laisse place à une suite où chacun sera en mesure d'interpréter son rêve.

Jeff De Levens

N° ISBN-13: 978-2-9560845-0-8

Nous avons tous la liberté de rêver, ce pouvoir que nous possédons de voyager dans un monde virtuel. La force de l'esprit invite chaque personne à se sublimer ou à s'évader dans un univers que l'on se crée. Suivez-moi, je vous invite dans le monde des rêves pour de multiples aventures...

UGO

CHEVALIER DES REVES

VOLUME 1

Ce Fameux Vendredi 13...

Ce fameux Vendredi 13 ...

C'est un vendredi comme les autres, enfin presque... un vendredi 13 !
Ils viennent de l'annoncer à la radio.
Ugo se rend à son bureau, comme chaque jour, dans cette zone où grouille un vivier d'ingénieurs et de têtes pensantes...
On ne devine pas d'enthousiasme sur son visage mais plutôt une obligation routinière qui l'excède. Pour preuve, le trafic est saturé comme chaque matin, ça roule mal ... Puis ces automobilistes qui ne cessent de klaxonner pour un rien...

Pour couronner le tout, ce type, avec sa BMW qui lui coupe la route.

UGO s'énerve et klaxonne à son tour :
- Tiens ! Prends-toi ça !!!

Les nerfs prennent le dessus et ils échangent quelques mots doux qui fusent dans tous les sens, par la même, contraire à tout ce qui peut s'apparenter à de la romance. Quelques gestes amicaux, avec un doigt ou des bras qui se croisent, témoignent également de la tendresse qu'ils se manifestent…
Allons courage, encore deux pâtés de maisons et il retrouvera son petit monde d'affairistes, tous plus coincés les uns que les autres.

Une réflexion traverse son esprit:
- Tiens, mais nous sommes vendredi 13 jour de chance. Il faut impérativement que je tente ma chance au loto. Et la radio qui ne cesse d'annoncer une cagnotte exceptionnelle pour ce soir, Vingt-cinq millions d'euros !! Que pourrais-je bien faire d'une telle somme ?

Comme si la question était primordiale !

UGO énumère ses rêves :
- je commencerais par solder le crédit de la maison… ensuite voyons voir… un voyage ! Un long voyage… et puis pourquoi pas une superbe voiture … un bolide même !!!

Les rêves se bousculent dans sa tête mais ne vont guère plus loin que le parking de son bureau …

UGO sort de sa douce rêverie et s'exclame en arrivant :

- Déjà !

Le sourire engendré par ses pensées qui illuminait son visage disparaît. Il revient à la réalité, descend de sa voiture, appuie machinalement sur la télécommande pour la fermeture des portes.

Puis se dirige vers l'ascenseur avec sa petite mallette bleu-marine assortie à son costume.

En passant devant l'accueil, il croise la belle et voluptueuse standardiste.

UGO :

-      Bonjour Nicole.

NICOLE :

-      Bonjour Monsieur DESFRAIS.

Son collègue, Eric, prend l'ascenseur avec lui. Eric Blain est son ami d'enfance, il travaille au service comptabilité du deuxième étage, depuis plus d'un an.

UGO en continuant son ascension jusqu'au troisième, lui lance:

- Nous pouvons nous voir entre midi et deux si tu as le temps ?

ERIC:
— Ok ! A toute.

Les portes de l'ascenseur s'ouvrent à son étage. Sa première vision, Albert, un ingénieur informaticien comme lui. Albert TINON, le lèche-cul de service.

UGO pense en silence :
- Je ne le supporte plus celui-là, mais bien obligé de faire avec... Le Directeur Général n'a rien trouvé de mieux que de nous mettre en binôme pour ce nouveau projet...
C'est de la torture à l'état pur que de se coltiner cet olibrius toute la journée.
C'est une évidence, il est doué dans son domaine mais il passe bien plus de temps à faire des courbettes qu'à travailler.
Quoiqu'il en soit, il faut mettre au point ce programme de gestion pour des réseaux commerciaux dans le domaine de l'immobilier.

Une douce voix interrompt ses pensées ...

MARTINE :
- Voulez-vous un café Monsieur DESFRAIS?

Il tourne la tête, c'est la secrétaire, Martine... le bain de jouvence dans son monde de brute. Elle a tout pour elle ... une belle plante, blonde, un corps de rêve , et semble sortir tout droit d'un magazine de mode.

UGO :
- Oui Martine ! C'est si gentiment demandé, je veux bien un café.

MARTINE ajoute:
- Avec un demi-sucre comme toujours ?

Ugo esquisse un sourire et acquiesce. Au fond, cela lui fait bien plaisir que cette jolie créature s'occupe de lui.   .
Elle déroule un tapis de gentillesses ce qui le touche, il y a longtemps qu'à la maison ce n'est plus vraiment le cas. Alors il profite de ces instants et s'en imprègne autant qu'il le peut.
Le téléphone sonne, Martine s'en saisit et répond.

Il flotte un silence de quelques secondes puis elle bascule la communication sur la ligne d'Ugo.

MARTINE :
- Monsieur, Ella votre femme, sur la 2.

UGO:
- Je prends, merci Martine !
- Allô, oui chérie !

ELLA :
-   Je viens te rappeler que ce soir, nous dînons chez mes parents.

UGO :
- Ah non impossible! Nous avions prévu de nous y rendre la semaine prochaine… Ce soir, j'ai le premier entraînement avec mes potes pour notre nouvelle équipe de foot.

ELLA :
-Tu n'as qu'à reporter votre entraînement

UGO :
- Quoi ? Mais, n'importe quoi… tu sais très bien que ce n'est pas faisable !!! C'est prévu depuis longtemps car c'est le seul soir où tout le monde est dispo. Tu n'as qu'à dire à tes parents que nous irons.....

Il n'a pas le temps de terminer sa phrase qu'Ella, furieuse, raccroche violemment.
Ugo tente de la rappeler, mais rien n'y fait. Ella fait la sourde oreille et ne décroche plus.

Les traits de son visage se crispent, il fait la moue.

Martine lui apporte son café.

Il le tient dans la main, prend une touillette et le tourne pensif pour diluer le demi-sucre qu'elle vient de glisser dans son gobelet avec douceur et surtout avec une attention particulière.
Ce qui ne manque pas d'agacer Albert qui, sans s'en rendre compte, manifeste un peu de jalousie. Surtout qu'il constate qu'Ugo n'y est pas insensible.
Pourtant, malgré ce petit jeu de séduction, Ugo reste fidèle à sa femme et n'a aucune intention de la trahir, ou lui faire de mal.
Il aime sa femme bien qu'elle soit capricieuse et caractérielle.
Alors il baisse les yeux et détourne son regard pour ne plus croiser celui de Martine. Ses yeux de biche, le troublent. Son sourire le déboussole.
Albert, qui arrive toujours comme un cheveu sur la soupe, lui pose une question. Pour une fois, il tombe bien... sans le savoir Albert le sauve d'une situation embarrassante ...
Ugo se trouve dans l'obligation de lui répondre, et en profite pour échapper à l'emprise de Martine.

ALBERT :
- N'oublie pas de vérifier… le logiciel se doit d'être également fonctionnel pour les agents d'assurances !

UGO :
- J'effectue deux petites modifications et c'est terminé… ce sera bon.

ALBERT :
- Ouf ! Tant mieux car je dois le présenter au boss… au plus tard demain matin.

Ugo a beaucoup de mal à supporter l'attitude de profiteur d'Albert qui l'irrite. Celui-ci a la fâcheuse habitude de se servir du travail des autres et tirer profit de toute occasion aux dépens des autres. Ugo cache son irritation et ne dit rien.

Quand on parle du loup… Hé bien le voilà qui arrive ! Monsieur DELATTRE, le PDG entre dans le bureau d'un pas décidé, se dirige directement vers Albert, d'un ton chargé de reproches et plus que directif.

MR DELATTRE :
- Où en êtes-vous avec ce logiciel ? Il devait être sur mon bureau déjà hier après-midi ! Il me le

faut absolument pour 14 heures, c'est là le dernier délai que je vous accorde, je n'accepterai plus aucun retard !!!

Il y a plusieurs jours déjà, j'ai promis aux financiers de le leur présenter. Et j'ai horreur de faillir à mes engagements. Alors au boulot !!! Et vite… On se revoit à 14 heures.

Il tourne les talons et sort aussi vite qu'il est entré.

Évidemment Albert acquiesce et se tourne vers UGO d'un regard plein de reproches qui semble dire, "c'est à cause de toi tout ce retard, alors bouge-toi… Fais le nécessaire. "

UGO se parle en lui-même :

- J'ai l'énervomètre qui monte de plus en plus… je me force à avancer pour terminer ce foutu logiciel.

Sa concentration est au maximum, il s'efforce de finaliser. Les heures défilent. Il est déjà midi.
Sans même déjeuner, la tête dans le guidon,
il ne s'aperçoit pas du temps qui passe. Il est presque 15 heures, quand enfin ! Il a terminé.
Son acolyte s'empresse de remettre le logiciel au boss et d'en faire la démonstration.
Il le voit se glorifier et se délecter devant les compliments de Monsieur DELATTRE.

Il ne peut que constater que l'on a oublié son épuisante participation…l'impression de ne plus exister. Dégoûté, il quitte la pièce, attrape sa veste et salue Martine.

Celle-ci devine sa déception, et tente un sourire compatissant. Cela lui fait plaisir et pourtant cela l'énerve aussi.

Il sait qu'il est temps de partir, c'est mieux pour lui. Quand il est dans cet état de révolte, il peut devenir plus que désagréable, alors sans dire un mot, il sort faisant le chemin inverse, récupère sa voiture, rentre chez lui avec ce sentiment d'injustice et de dégoût amplifié.

De plus comme son portable est en mode silencieux, il n'a entendu aucun appel et vient de se rendre compte qu'il a également oublié le déjeuner d'Eric, qui a laissé au moins dix messages.

Il est aussi désolé d'avoir totalement oublié son ami, d'autant que la proposition de se retrouver au déjeuner venait de lui. Ne pas l'avoir prévenu le contrarie. Mais bon, il compte s'excuser ce soir quand il le retrouvera au foot.

Il démarre….

Au final, il est satisfait de rouler à cette heure-ci, le trafic est plus fluide, au moins un peu de positif dans cette journée bien que son esprit soit constamment torturé par toutes ces contrariétés.

Il lui reste quelques minutes encore, avant d'arriver à la maison et retrouver sa petite femme. Ugo, comme tous les jours, ouvre son portail avec la télécommande pour accéder à son parking mais aujourd'hui, surprise… une voiture occupe son emplacement.

Il pousse un juron ! Car cela l'oblige à garer sa voiture à l'extérieur.
Il insère la clé dans la serrure pour entrer chez lui, ouvre la porte et se retrouve face à un homme qu'il ne connaît pas.

Celui-ci est sur le point de sortir, raccompagné par son épouse qui s'empresse de lui dire :
- J'en parle à mon mari… et l'on vous rappelle.

L'homme répond :
- Bien Madame, j'attends votre réponse... au plaisir !

Leurs regards se croisent et semblent complices. Un doute envahit Ugo sur la visite commerciale de cet inconnu.

L'homme le salut rapidement d'un hochement de tête et sort de la maison.

Ella est sérieusement embarrassée, elle évite de croiser les yeux d'Ugo. Elle est évasive face aux questions de son mari soupçonneux. Il lui semble qu'elle a les cheveux un peu en bataille, elle qui est toujours très apprêtée.

Elle sait que le questionnaire va commencer et cela la met mal à l'aise.

Elle voit bien qu'il ne croit pas une seconde à l'histoire du démarcheur qui vient vendre le câble.

Les questions s'enchaînent à une vitesse grand V. Les réponses restent toujours incohérentes pour lui. Le ton de la discussion monte de plus en plus.

La dispute s'installe, les étapes sont franchies, c'est l'escalade.

Ugo se sent trahi, même sans preuves formelles, mais il doute profondément, si bien qu'il repousse Ella qui essaie en vain de le raisonner, de le rassurer. Pour Ugo blessé dans son amour propre, c'est la goutte d'eau de la journée qui fait déborder le vase. Il la repousse pour la troisième fois, cette fois un peu plus violemment.

Ella est déséquilibrée et se retrouve à terre. La colère reste mauvaise conseillère, devinant qu'elle n'est pas blessée... il ne l'aide pas à se relever, c'est le point final de la dispute, tout est dit...

Alors qu'Ella se relève en le traitant de tous les noms d'oiseaux, Ugo prend son sac de sport et quitte la maison.
Il remonte dans sa voiture et prend la route, en direction du stade. Il roule perdu dans ses pensées et ressasse les péripéties de sa journée, décidément ce n'est pas son jour.

Il se surprend à parler tout seul :
- Et l'autre, tout juste bon à se gratter... qui profite de mon travail pour se faire mousser. Lui qui est toujours derrière moi dès que je parle à quelqu'un et qui s'empresse de tout répéter, lui qui accourt et s'accroche comme un boulet lorsque je discute avec Martine.

Oui, il ne sait être qu'envieux ! Pauvre minable !!! C'est une certitude... Demain je lui rentre dans le lard et lui dis ses quatre vérités à ce bon à rien !
Et à l'autre aussi, le boss...qui EXIGE qu'on lui remette avant 14 heures.

Pour qui se prend-il celui-là ?...Nous ne sommes pas ses esclaves… Aucun respect.

Heureusement qu'il y a Martine dans ce bureau, c'est le seul rayon de soleil.

Il repense à sa femme :
Et elle aussi, un démarcheur…Oui ! C'est ça… elle me prend pour un imbécile.
Si elle pense que je vais gober ça… je ne suis pas dupe, elle va comprendre ! Mais pourquoi ?...
Bon sang pourquoi me fait-elle ça ! Elle nie......
mais je vois bien qu'il y a anguille sous roche
... (un bref instant de lucidité redirige ses pensées)
Ou peut-être que je me fais des idées ?... Ma journée était trop négative et je vois le mal partout ...
Non ! Non ! J'en suis persuadé… Leurs regards..
…et ses explications douteuses.

Ugo continue de ruminer et se souvient :
"En plus, c'est vendredi 13 et je n'ai pas fait mon loto. Je vais y aller avant l'entraînement et je…".

(Un grand bruit, fracas de tôles froissées) ...les pensées se mélangent, tout tourne et d'un seul coup le silence...

UGO entend quelqu'un lui parler mais il ne le
voit pas...

Le premier sur les lieux :
 - Monsieur ? Monsieur !!!

Cette voix répète sans cesse :
-    Monsieur, m'entendez-vous?

UGO l'entend ; il aimerait bien lui répondre mais
n'y arrive pas.

Des passants questionnent :
 -   Il est mort ?

Le premier sur les lieux :
  - Non, il respire encore... inconscient
seulement... Nous avons appelé les pompiers.

UGO :
-    Mais non, qu'est-ce qu'ils racontent ? Je ne
     suis pas mort. Pourquoi les pompiers ?

Un passant :
-    Que s'est-il passé ?

Le premier sur les lieux :
-    Il n'a pas respecté le feu et a été percuté par
     l'autre véhicule.

Le passant :
- Et dans l'autre voiture... y a t-il des blessés ?

Le premier sur les lieux :
- Non, rien de bien méchant, ils s'en sortent bien mais lui par contre, il est bien sonné !

Ugo entend la sirène des pompiers qui arrivent. Les pompiers reposent les mêmes questions et Ugo entend les mêmes réponses.
Ils le sortent du tas de ferraille, c'est vraiment ce qu'est devenue la voiture après plusieurs tonneaux.

Tout le monde y va de la fameuse réflexion.
- Vu l'état de la voiture, il a de la chance d'être encore en vie !

UGO :
- Mais oui je suis en vie. Arrêtez avec ça, je vais bien moi !

Il tourne la tête et voit une petite fille qui l'observe, un regard triste et angélique à la fois, elle ne parle pas, elle se contente de le fixer. Ugo a l'impression de voir un petit ange, ses yeux limpides et profonds dégagent une pureté extrême, elle est là, un visage plein de douceur encadré de longs cheveux qui tombent sur ses épaules, elle est là, vêtue d'une robe blanche immaculée, assise sur le trottoir, les mains posées sur ses genoux.

UGO :
- Hé petite ! Dis leur toi que je vais bien.

La gamine ne répond pas, esquisse un sourire et son image disparaît.

Ugo la rappelle encore et encore puis, il se sent transporté, un peu balloté, il entend toujours parler mais distingue de moins en moins les propos.
Il se sent de plus en plus léger, entend vaguement la sirène et, peu à peu, plonge dans les abîmes du sommeil.
Les secouristes s'activent et le transportent à l'hôpital Pasteur, inconscient et dans un état grave.
Les brancardiers et les infirmiers s'afférent autour de lui, puis viennent les médecins, les chirurgiens. L'animation qui règne auprès de lui est tellement intense qu'il est difficile de ne pas penser au pire.

Ella se présente à l'hôpital et l'aperçoit sur un brancard.
On le dirige vers la salle du scanner.

Elle a été avertie par un voisin qui a reconnu Ugo.

Elle s'est empressée de prendre ses clés, son sac et en un temps record se retrouve auprès de son mari. Elle accourt aux nouvelles et cherche désespérément quelqu'un qui puisse la rassurer sur l'état d'Ugo.

ELLA :
- Ugo ? Ugo ? Je suis là !

Ugo ne réagit pas. Elle suit affolée le brancard qui se dirige vers cette salle au fond du couloir. Elle est contrainte de rester à l'extérieur.
La porte se referme et elle reste là, sans bouger, les yeux hagards, totalement abasourdie par la vision qu'elle a eue d'Ugo, ensanglanté, allongé sur ce lit à roulettes.
La vision de ce sang qui coule du haut du crâne, et recouvre le front, les yeux, cette image la glace, et subitement un sentiment de culpabilité l'envahit.

Elle revoit cette dispute inutile à ses yeux, où rongée par la jalousie et les doutes précédents leur discussion agitée, il s'en est allé plein de colère.

Elle regrette son impuissance de n'avoir su le retenir, le convaincre.

Elle se sent faible, vaciller et défaillir, elle a besoin de s'asseoir, des chaises un peu plus loin dans le couloir semblent l'attendre, elle reste là, la gorge nouée par une angoisse profonde.

Les minutes s'égrènent une à une, puis cinq, puis dix, elle a l'impression d'être là depuis des heures.

Le temps paraît extrêmement long, elle suit des yeux cette infirmière qui passe devant elle sans lui jeter un regard, elle est à l'écoute du moindre bruit de pas, elle espère avoir quelques informations, qu'on va l'autoriser à le rejoindre dans la salle où il se trouve…mais non, toujours rien.

L'infirmière passe son chemin. Puis une autre accompagnée d'un interne sort du bloc opératoire, une femme de ménage remplace un sac poubelle.

Ella est attentive à tout ce qui se passe autour d'elle, une façon de combler cette attente interminable.

Cela fait deux heures qu'elle est là et toujours rien…

Le stress est à son comble.

Elle dévisage toutes les personnes qui passent devant-elle en espérant avoir des éléments.

Ses espoirs sont déçus. Au fil des heures, la fatigue la gagne et elle commence à somnoler, quand tout à coup elle voit cet homme en blouse blanche sortir de la salle et se diriger vers elle.

Elle se relève, le regarde, il s'approche d'elle et lui demande d'une voix à la fois sombre et interrogative :
-Bonsoir Madame, êtes-vous de la famille de Monsieur DESFRAIS" ?

ELLA :
- Je suis son épouse, répond-elle d'une voix tremblante, la gorge serrée.

Le docteur :
- Tout d'abord asseyons-nous.

Ella s'exécute avec une angoisse qui redouble, elle se positionne en amazone sur cette chaise face à la blouse blanche.
D'un regard désespéré, elle interroge de nouveau le docteur COVER. C'est ce qui est inscrit sur son badge.

Celui-ci cherche un ton adapté à la situation et annonce avec gravité qu'Ugo est dans un état très grave.

Il commence par préciser qu'il ne souffre pas, bien qu'il ait subi un choc violent au sommet du crâne.

Il a certainement percuté le montant métallique de la fenêtre de sa portière, lorsque le pare-brise et toutes les vitres se sont disloqués, pendant que les tonneaux s'enchaînaient.

Il rajoute d'un ton qui se veut plus rassurant :
- C'est véritablement un miracle qu'il soit encore parmi nous.

Et tout en expliquant, qu'il est malgré tout dans un coma profond suite au traumatisme crânien.

Il voit le visage d'Ella se décomposer, devenir de plus en plus livide, alors qu'il doit annoncer la suite, ce qui n'est pas la partie la plus réjouissante.
Il commence par dédramatiser, pour la rassurer :
- Il a eu énormément de chance...

Il avale sa salive, se racle un peu la gorge comme si ça lui donnait du courage, et poursuit, dans tous les cas, ça l'aide et lui permet la transition pour continuer son diagnostic.

Puis précise d'une voix calme :
- Je ne peux vous cacher que même si son pronostic vital est engagé ... On peut s'attendre au pire certes mais... aussi au meilleur.

Il nous est impossible, pour l'heure, de dire, s'il passera la nuit, son sommeil peut durer plusieurs heures, plusieurs jours, plusieurs semaines, voire plusieurs mois...

Nous n'en savons rien en réalité et, dans la mesure où il reprendrait conscience....

Ella ne résiste plus. Bouleversée, elle s'effondre en larmes. Submergée par toutes les émotions qui l'envahissent mélange de tristesse, remords, culpabilité.

ELLA supplie :
- Dites-moi qu'il va se réveiller, docteur !!! Tout est de ma faute... s'il est dans cet état c'est de ma faute !!! Il faut qu'il se réveille !!! Qu'il me revienne !

Le docteur lui tient la main, la fixe droit dans les yeux.
Il regarde impuissant les larmes couler sans discontinuer sur ses joues.

Il essaie d'être le plus rassurant possible pour la préparer à la suite et enchaîne :
- Je ne veux pas être pessimiste, bien au contraire mais je ne veux pas vous donner de faux espoirs car même s'il se réveille un jour et croyez-moi, c'est ce que je souhaite de tout cœur…
Nous ignorons s'il récupérera toutes ses facultés et, nous ne sommes pas en mesure d'évaluer les séquelles, légères ou profondes.
Nous espérons juste que sa force de vie le ramènera et le gardera. Maintenant il faut attendre et pas perdre espoir.

ELLA :   -
-   Puis-je le voir Docteur ?

Le Docteur :
– Hélas, je suis désolé pas aujourd'hui. Je ne pense pas que cela soit une bonne idée… La seule chose que je vous conseille c'est de rentrer chez vous afin de vous reposer, vous en avez bien besoin. Demain, nous en saurons davantage sur l'évolution de son état.

Elle se lève titubante, avec l'intention de reprendre sa voiture.

LE DOCTEUR insiste:

 - Vous ne me semblez pas en état de prendre le volant toute seule, je ne peux vous laisser partir ainsi, nous allons appeler un taxi.

En arrivant devant l'accueil, il demande à la standardiste de commander un taxi pour Madame Ella.

Puis il prend encore quelques secondes afin de glisser quelques mots rassurants à Ella et lui communique même le numéro de la ligne directe de son bureau.

 Il tourne les talons et disparaît peu à peu dans le couloir.

Le taxi se présente à l'entrée.

Ella avance péniblement vers lui en essayant de reprendre ses esprits, elle reste totalement anéantie.

Elle constate que le docteur a raison, elle n'est pas vraiment en état de conduire.

La porte s'ouvre, le chauffeur l'aide à s'installer et lui demande la destination. Il referme la porte et monte à son tour dans le véhicule.

Avant de démarrer , il regarde dans le rétroviseur et perçoit la détresse de cette femme.

Il a envie de lui dire quelque chose de gentil, mais les mots ne viennent pas.

Il comprend qu'il s'est passé un événement grave.
Il la regarde compatissant, n'ose toujours pas l'interrompre dans ses pensées.

Le silence est pesant, tragique. Il met le contact, met en marche le moteur de sa grosse cylindrée.
Seul le léger ronronnement du moteur se fait entendre. Il enclenche la vitesse et passe la première.

La radio s'est mise en marche. Il s'en excuse et s'empresse de l'éteindre.

Il ne sait toujours pas ce qui est arrivé mais il pense, qu'en cet instant, le silence est une marque de respect pour sa douleur.
Le paysage défile à travers la vitre teintée.
Elle regarde sans voir. Son cerveau est totalement vidé, les tristes évènements du jour ont anesthésié son esprit.
Ella se rend à l'hôpital tous les jours. Chaque jour on lui sert le même refrain.

L'infirmière :
- Son état est stationnaire. Pour l'instant il n'y a pas d'évolution, ni positive, ni négative.

Les jours passent et se ressemblent...

Ella vient voir Ugo dans cette chambre qui lui paraît glaciale. Elle essaie d'y mettre un peu de couleur avec un petit bouquet de roses rouges.

Elle fait attention à la température de la pièce, elle ne veut pas qu'il prenne froid.
 Elle ouvre régulièrement la fenêtre pour aérer.
 Cette odeur de produit désinfectant propre aux hôpitaux l'incommode.
Elle reste assise des heures près du lit et parfois au bord du lit en lui parlant sans cesse, elle lui fait la conversation.
Comme si à chaque question, elle espérait une réponse.

Soudain, elle saisit le bouton d'appel à la tête du lit d'Ugo et appuie de toutes ses forces afin que quelqu'un vienne.
Cela ne tarde guère, en quelques secondes Marie, une aide-soignante accourt et entre dans la chambre.
L'aide-soignante :
 - Que se passe-t-il Madame ?

Ella :
 - Il a...il a bougé...

Sa voix retentit dans un mélange d'excitation, de joie et d'affolement.

L'aide-soignante:
- Que voulez-vous dire ? Dites-moi ce qu'il a bougé.

ELLA :
- Heu…sa main ! Plutôt ses doigts, ils ont un peu remué.

L'aide-soignante :
- Bien, ça peut vouloir dire que son état s'améliore mais c'est peut-être aussi tout simplement un réflexe nerveux.
C'est tout de même bon signe... cela commence comme ça parfois...
Seul, le temps fera le reste.
Il nous est impossible de déterminer le moment du réveil.
Cela reste le mystère et la complexité du cerveau. Il se réveillera quand il l'aura décidé.

Ella écoute attentivement ce que lui explique l'infirmière, l'espoir renaît en elle.
Elle se positionne de nouveau sur le côté du lit et pleine d'espoir observe Ugo sans relâche.
Elle le scrute et se dit que si elle pouvait entrer dans son cerveau, elle irait lui dire qu'elle est là ! Qu'elle l'attend... Qu'il revienne... Qu'il lui manque.

Mais elle le regarde, impuissante, se rassurant tout de même par les bips bips du moniteur cardiaque qui rythment les battements de son cœur. Il y a aussi ce souffle en alternance du respirateur artificiel à qui elle fait confiance inconsciemment.

Tous ces bruits font partie de son quotidien et répètent le même son, créant une ambiance familière.

Dès que ce rythme change, un mélange d'espoir et d'interrogations prend le dessus.

Ugo est plongé dans les ténèbres d'une nuit permanente, il ne peut ni bouger, ni sourciller, ni parler, alors qu'il essaie par tous les moyens d'alerter son monde en leur criant qu'il est là.

Il sort petit à petit de sa torpeur et commence à entendre tous les bruits qui gravitent autour de lui.

Il voudrait qu'on allume la lumière, il ne comprend pas pourquoi il se retrouve dans le noir.

Il entend sans savoir qui lui parle, l'infirmière qui lui prodigue les soins. Elle est là, tourne autour de lui, le manipule mais il ne sent rien.

Il crie à tue-tête :

-Je suis là ! Madame ! Madame ! La lumière s'il vous plaît...".

Rien ne se passe.

Il écoute ces voix de femmes.

Il y en a deux maintenant. Une qui lui paraît plus familière, mais il n'arrive pas à l'identifier. L'infirmière et Ella conversent. On parle de lui, il est au cœur de la conversation.
Il répond mais elles continuent à ignorer ses réponses.

Il s'énerve de plus en plus et, tout à coup...

Des lumières dans sa tête. Très puissantes qui jaillissent dans son crâne comme des éclairs. Des éclairs qui n'en finissent plus.
Le paradoxe est qu'il en est ébloui. Il pense à un violent orage qui sévit mais il n'y a que des faisceaux de lumière, pas de tonnerre, pas de pluie.
Ce phénomène persiste pendant quelques minutes et tout s'arrête, plus rien, le silence reprend le dessus, enfin presque car il est bercé par le son régulier de ces bips bips et de ce souffle qui l'accompagne.

Encore un instant d'immersion dans le son avant de replonger dans les abîmes du sommeil.

Ella, comme tous les jours, est venue lui tenir compagnie une bonne partie de l'après midi et de la soirée. Elle repart tous les soirs en ayant l'impression qu'il fait des progrès, avec l'espoir que c'est demain qu'il va se réveiller.
D'ailleurs c'est cet optimisme qui lui donne cette force pour combattre l'angoisse qui l'oppresse.

Le lendemain, Ella se rend comme d'habitude à l'hôpital, se dirige directement au service où se trouve Ugo.
Elle connaît bien le chemin maintenant, ça fait trois semaines que c'est le même rituel.
Elle commence par une visite au bureau du docteur COVER afin de glaner des informations , elle espère des nouvelles rassurantes.

Celui-ci lui répond malheureusement comme à son habitude :
- Non ! Madame, son état est toujours stationnaire.
Elle quitte le bureau faisant la moue en se pinçant les lèvres, la tête basse toujours aussi dépitée par la réponse.

Elle se doute que cela risque d'être très long avant qu'Ugo sorte du coma.

Elle espère chaque jour autre chose que ce triste refrain quotidien :
- Malheureusement son état est... Bla bla bla ...

En sortant elle prend la direction de la chambre et croise Marie qui descend au réfectoire prendre un café.
C'est une pause nécessaire, cela fait plus de huit heures qu'elle a commencé son service et n'a pas vraiment eu le temps de prendre une minute pour se reposer.

MARIE :
- Ella, je vous offre un café ?

ELLA :
- Merci, bien volontiers Marie, mes nuits sont courtes et les journées si longues. Voilà une bonne idée ! Je retournerai voir Ugo ensuite.

En trois semaines, Ella a eu le temps de lier amitié avec Marie et les voilà toutes deux en grande conversation.
Même si le sujet principal reste Ugo, la discussion dévie aussi sur des sujets plus futiles, le maquillage, la mode, l'esthétique.
Marie s'est fait faire des extensions de cils. Ella trouve cela très joli, elle qui en ce moment ne

prend plus le temps de s'occuper de sa petite personne.

Le temps de pause est terminé. Distraites par leurs papotages et cette actualité féminine, elles ne se sont pas rendues compte que la trotteuse continuait son chemin.

Marie se propose d'accompagner Ella dans la chambre pour rendre visite à Ugo.

Elles remontent les escaliers sans tarir d'éloges sur cette crème miracle qui atténue, jusqu'à même faire disparaître ces fichues rides.

Elles croisent pas mal de monde dans les escaliers, passent un long couloir puis tournent à droite et encore à droite, le sujet inépuisable de la ride récalcitrante est toujours sur le tapis.

Elles arrivent enfin devant la chambre 13.

Marie tourne la poignée et pousse la porte. Ella va pour lui emboîter le pas... Quand toutes deux, regardant instinctivement en direction d'UGO, stoppent sur le pas de la porte, tel un arrêt sur image. De même que leur conversation s'arrête nette.

Elles restent figées, immobiles, se regardent surprises, et sont comme tétanisées.

Impossible de réagir, la gorge nouée, avec cette impression d'étouffer et...

L'atmosphère est soudain étrange, un je ne sais quoi qui glace le sang, en même temps la sensation de bouillir !

Elles restent debout, bouche bée, les yeux fixés sur le lit.

Ugo est là, allongé au milieu des tuyaux, de tous ces appareils qui surgissent de ses bras, de sa bouche et de son torse. Il est branché de tous côtés et pourtant trouve la force de pencher la tête en direction des deux femmes, les yeux grands ouverts.

Les femmes manifestent discrètement leur joie par un grand sourire afin d'éviter d'affoler notre miraculé.

Elles ont envie de crier, de libérer leur euphorie mais préservent cet instant magique en espérant que cela ne soit pas éphémère. Que ses yeux ne se referment pas à nouveau...

Le silence de la surprise règne. Cela fait tout juste quelques poignées de secondes qu'elles sont là, pourtant cela semble déjà une éternité.

Finalement Ella prend les devants et ose spontanément murmurer:
- "Ugo, Ugo"...

Elle répète son prénom à plusieurs reprises, elle le regarde attendrie, elle retient du mieux possible cette envie de pleurer de joie.
Elle le dévisage sans cesse, s'avance lentement et lui prend la main.

Marie, aussi émue par ce dénouement, s'approche également en demandant :
- Monsieur Ugo, m'entendez-vous ?... Vous êtes avec nous ? Vous voilà enfin revenu!!

Ella la voix tremblante reprend:
- "Mon chéri, tu m'entends" ?

Toute une série de questions fusent. Ugo, les observe toutes deux le regard interrogateur. Il se demande ce qu'il fait là. Il entend ces voix qui s'adressent à lui mais, une seule question lui vient à l'esprit.
-QUI SONT CES FEMMES ?

Il dévisage cette blonde, dans sa blouse blanche, qui lui sourit gentiment. Ses yeux se portent également sur cette jolie brune aux grands yeux verts, oui celle-là même qui lui tient affectueusement la main, tout en lui souriant.
Ugo s'interroge de plus en plus, on peut le lire dans la profondeur de son regard.

Il l'entend lui murmurer de sa voix douce :
- C'est moi chéri !... Ella !... Chéri, tu m'entends dis ?...".

Marie ajoute :
- Moi, je suis Marie, votre aide-soignante. Cela fait trois semaines que je m'occupe de vous.

Ugo continue son balayage oculaire en passant de Marie à Ella et vice versa.
Il se demande toujours ce qu'il fait là, mais il sait désormais que Marie est son infirmière. Mais s'enfonce dans l'inconnu en ce qui concerne Ella.

Marie sort de la pièce pour informer le docteur COVER qui accourt à son tour. Tout le service se précipite pour voir le miraculé . Ses yeux interrogateurs qui semblent découvrir le monde, suivent les déplacements et les mouvements de chacun dans la chambre.

Toujours avec ce regard imbibé d'un sentiment de curiosité , il observe tous ceux qui s'affairent autour de lui, pour lui adresser la parole, vérifier les appareils, ou encore lui changer la sonde.

L'effervescence dure une bonne heure puis tout ce petit monde médical retourne vaquer à ses occupations.

Il ne reste plus qu'Ella dans la chambre, le silence se fait à nouveau, mais cette fois, elle ne se sent plus seule, Ugo est revenu à lui.

Elle rompt le silence en lui parlant sans cesse de tout et de rien, de lui, de son travail, de leur mariage, de leur maison.
Elle essaie de lui rappeler les événements heureux de leur vie passée, espérant qu'Ugo réagisse à ces souvenirs ne serait-ce qu'un petit peu.

Cela fait presque deux heures qu'Ella lui évoque une multitude d'événements vécus au fil de sa vie. Elle narre avec passion cette histoire plongée au cœur de tous ces souvenirs, quand elle s'aperçoit en regardant une énième fois Ugo que celui-ci a refermé les yeux.

L'angoisse la reprend. Il est déjà tard et elle doit quitter le centre hospitalier.

Elle dépose un long et doux baiser sur le front d'Ugo et s'éclipse doucement en prenant mille précautions afin de ne pas le réveiller.
Puis elle sourit se faisant la réflexion que c'est plutôt le contraire qu'elle souhaite, qu'il se réveille pour toujours.

Cela faisait longtemps qu'un sourire n'avait pas illuminé son visage.

Elle récupère sa voiture et sur le trajet se surprend à chanter.

Comme tous les soirs, elle emprunte le même chemin, fait les mêmes gestes mais ce soir, elle se sent plus légère.

La nuit est plus paisible, elle a enfin retrouvé un peu de sommeil. Elle est impatiente d'être au lendemain espérant une progressive et heureuse évolution de l'état d'Ugo.

Ella prend son petit déjeuner avec enfin un peu d'appétit.

Elle trempe sa tartine beurre confiture de fraise dans son bol de thé lorsque la sonnerie du téléphone la fait sursauter.

Elle s'empresse d'avaler le morceau de pain et s'aperçoit que c'est l'hôpital qui cherche à la contacter.

Ella (nerveuse):
-   Allô !...

Au bout du fil la voix de Marie fébrile :
- Bonjour Ella, j'avais hâte de vous informer des progrès certains...l'état de votre mari évolue

plutôt bien...figurez-vous que ce matin il m'a demandé:
- à quelle heure puis-je manger, j'ai faim?

Ella éclate de rire, les larmes se mêlent aux éclats de rire car toutes deux débordent d'émotion.

Ella reconnaissante :
- Merci beaucoup Marie !...Je me prépare au plus vite et j'arrive.
Elle raccroche, le cœur débordant d'espoir.

En arrivant à l'hôpital, Ella est accueillie par Marie qui se jette dans ses bras.
Elles sont si heureuses que c'est leur manière naturelle d'exprimer cette victoire sur ce long combat, sur cette attente infernale, elles s'embrassent encore et encore.

Le bonheur qu'elles dégagent interpelle le personnel présent et des sourires apparaissent sur tous les visages.

Ella se trouve devant la chambre 13. Elle hésite ...marque un temps d'arrêt, essaie de retrouver son courage et d'évincer le doute et la peur qui l'empêche de rentrer... prend une grande respiration et tourne la poignée. La porte s'ouvre.

Son cœur fait un bon, Ugo est bien là, assis sur son lit.

Il tourne la tête en direction de la porte, la fixe du regard, la scrute pendant quelques secondes et lui dit :

- Bonjour Madame !

Ella est saisie comme si elle venait de recevoir une douche glacée. Elle ne s'attendait pas à ça …Personne ne l'a prévenue qu'il ne la reconnaîtrait pas.

Elle s'approche de lui, faisant fi de sa déception. Courageusement, elle maîtrise le choc qu'elle vient de recevoir et, tout en le masquant d'un grand sourire, s'adresse à lui:

- Oh ! Mon chéri… je suis si heureuse que tu aies repris connaissance !

Elle l'entoure de ses bras et lui fait un baiser.

Ugo se laisse faire et ne réagit pas, mais il réfléchit intérieurement:

- Qui est cette inconnue qui a posé ses lèvres sur les miennes… Elle a l'air de me connaître mais je ne me souviens pas du tout qui est-elle ? Comment le lui demander sans la blesser ?

Ella a conscience que son mari est atteint d'amnésie, d'ailleurs le docteur COVER le lui confirme et précise qu'il faut qu'elle s'arme de patience... c'est un nouveau combat qui commence l'explication est la même en ce qui concerne les suites du coma, la mémoire peut revenir d'un moment à l'autre... dans quelques mois... années... voire plus du tout.

Il faut l'aider en lui remémorant des scènes vécues, en lui montrant des photos, en l'accompagnant dans les endroits où ils avaient l'habitude de se retrouver, organiser un maximum de rencontres avec ses amis, ses collègues de travail.
Ce qui est susceptible de déclencher le processus inverse et lui rendre la mémoire et toutes ses facultés.

Finalement le docteur a des propos positifs plutôt rassurants et confirme à Ella que tout va bien, aucune autre séquelle apparente mis à part son amnésie qu'il pense temporaire.
Il insiste, confiant et affirmatif, que cela reviendra très certainement.
Il prend tout de même la décision de garder Ugo en observation quelques jours... si tout se passe bien, il ne voit aucune objection à le laisser rentrer à la maison en fin de la semaine.

Ella est folle de joie, et tellement émue qu'elle laisse couler une petite larme et ne peut s'empêcher de sauter au cou du médecin, tout en déposant spontanément une bise sur sa joue.

Geste instinctif, elle est si reconnaissante à cet homme qui sait trouver les mots pour la rassurer, lui donner du courage. Qui lui apporte cette ressource dont on a tant besoin dans les moments si pénibles où le sol se dérobe sous vos pieds.

Ella pense :
- Peu m'importe l'image que je donne aux autres, il a été mon sauveur et il mérite au moins une bise par jour.

Evidemment cette effusion de joie n'est pas des plus discrètes et attire l'attention de toutes les personnes présentes dans le hall, à l'accueil, personnel, ambulanciers, malades sur les brancards... Tous sans exception assistent à cette séquence émotion.
Ce qui est certain, c'est que cela va donner du grain à moudre à toutes les pipelettes.
Mais c'est là, le dernier de ses soucis.

En revanche le médecin ne reste pas insensible à ce geste de reconnaissance.

Il semble troublé, surpris, gêné, il en rougit légèrement mais c'est de plaisir. C'est une femme superbe qui vient de lui sauter au cou. Ella confuse, se ressaisit, s'écarte un peu, reprend ses esprits, et remercie encore chaleureusement le médecin.

Le docteur reste quelque peu émoustillé et touché par ce baiser spontané empli de reconnaissance .
Il est heureux de permettre à la femme de ce patient de retrouver cette étincelle qui l'a fait rayonner!
Il en est déstabilisé, visiblement troublé, surpris par ce qui lui arrive, il se racle la gorge et répond en bégayant :
- De..de ..de rien Ma ..maadame Ella".

Il s'empresse d'enchaîner:
 - Je suis à votre disposition en cas de besoin Madame...n'hésitez pas !

Ils se séparent, chacun prenant la direction opposée.
Pourtant instinctivement tous deux se retournent en même temps, esquissent encore un petit sourire accompagné d'un signe discret de tête, avant de disparaître.

La semaine défile. Ella se rend compte des progrès que fait Ugo.

Finalement il est autorisé à quitter l'hôpital et rentrer à la maison.

Elle a eu tout le loisir ces derniers jours d'échanger avec lui, sur son passé, le présent, leur mariage, les amis, les voyages, son travail, leur maison, etc... Presque tous les sujets ont été évoqués.

Ugo ne se souvient pas mais conserve tout de même, une vague impression de déjà-vu.

Il a le sentiment d'avoir déjà participé à certains évènements en puisant au plus profond de sa mémoire entre autre d'avoir fait certaines choses, mais sans aucune certitude. Il est bien obligé de se fier aux seules explications de sa femme dont les photos confirment les faits, mais aucun souvenir ne remonte à la surface.

C'est vrai que de temps à autre, il se rappelle d'un événement mais pour l'instant rien sur Ella, bien qu'elle lui soit familière.

L'effervescence règne dans l'hôpital Pasteur, ce vendredi, jour de sa sortie.

Ugo a bouclé ses valises et a rassemblé toutes ses affaires.

Ella le précède en sortant de la chambre.

Ugo s'arrête sur le pas de la porte, se retourne lentement, son regard se porte sur tous les recoins de la pièce qu'il a eu largement le temps de contempler lorsqu'il était alité.
Il jette un dernier regard sur les perfusions qui l'ont alimenté pendant toutes ces semaines, sur cette armoire grise métallique d'une froideur déconcertante. Fixe aussi la tablette où se tient majestueusement le dernier bouquet de fleurs déposé par Ella.

Il regarde cette pièce où il a séjourné, semble réaliser que cette chambre aurait pu être sa dernière demeure, il ressent un changement étrange au fond de lui.
Impossible de le définir mais il sait, dans son for intérieur, qu'il n'est plus le même.

Ces yeux balaient une dernière fois toute la chambre, il se retourne sans un mot et ferme la porte.
Toujours précédé d'Ella, il s'avance dans le couloir.
Il salue au passage tous les infirmiers et aides-soignantes, s'arrête longuement auprès de Marie.
Les larmes sont de mise, les étreintes se succèdent, suivies d'embrassades.

Encore quelques minutes d'émotion avant la séparation émouvante, puis tous retournent à leurs activités.

Marie reprend son service, toujours bouleversée. Pendant ce temps Ella et Ugo quittent le hall d'entrée et se retrouvent à l'extérieur de l'hôpital.

La première sortie à l'air libre d'Ugo depuis son admission aux urgences.

Il marche lentement, le soleil réchauffe sa peau, une petite brise caresse son visage et souffle dans ses cheveux, il ferme les yeux et savoure cet instant.

Ella en profite pour vivre le moment présent avec lui… quand, tout à coup, une voix interrompt ces instants de délice.

C'est le docteur COVER qui prend son service et reproche d'un ton ironique :

- J'espère que vous n'aviez pas l'intention de partir sans me saluer !!!

Ella rougit un peu, réplique sur le même ton, et en profite pour rajouter :

-Bien sûr que non !... voyons docteur !

Impossible de vous oublier… nous vous sommes si reconnaissants.

Ugo confirme les propos de sa femme et le remercie de nouveau.
Puis ils se séparent, chacun prend son chemin. Ella ouvre la voiture et jette instinctivement un dernier regard en direction du médecin qui est déjà au pied de l'entrée de l'hôpital.

Celui-ci se retourne au même moment, le temps d'un sourire et disparaît derrière les portes vitrées.

Ella reprend son souffle et installe tant bien que mal les bagages dans le coffre de sa voiture.

Ugo prend naturellement la place du passager, lui qui a toujours eu le rôle du conducteur.

Ella monte dans la voiture à son tour, regarde machinalement dans le rétroviseur, en direction de la porte d'entrée où le docteur s'est éclipsé. Elle attache sa ceinture, met le contact, desserre le frein à main.
Tout en enclenchant la vitesse son regard se pose sur Ugo.

Il est assis le regard hagard.
Il semble en plein désarroi, perdu, une sorte d'incompréhension, comme si quelque part il regrettait de quitter cet endroit.

L'inquiétude peut-être d'affronter sans aucun repère la vie qui l'attend, la crainte de se retrouver seul avec Ella qui prétend être sa femme et qu'il s'efforce de croire.

Ella ne souffle mot puis tout en l'observant discrètement, démarre dans le silence le plus total. Tout en conduisant lentement et prudemment, Elle remarque qu'Ugo se crispe, tendu il tient d'une main sa ceinture et de l'autre agrippe la poignée au-dessus de la porte.

Ce doit être une réaction due à la collision, une appréhension, sûrement le stress de l'accident se dit-elle.

Ella :
-    Ca va mon chéri ?

Sans attendre la réponse elle enchaîne en passant devant une petite pizzeria où ils avaient leurs habitudes :
- Te souviens-tu… après notre mariage , nous venions ici régulièrement ?
 Essentiellement pour la pizza quatre saisons qu'ici, tu affectionnais particulièrement… tu as toujours revendiqué qu'elles étaient les meilleures pizzas de la région.

Ugo regarde attentivement, cherche des indices qui pourraient lui réveiller des souvenirs.

La voiture avance, le paysage défile et la pizzeria disparaît à son tour mais Ella continue ses commentaires. Tel un guide à chaque coin de rue, de toutes les manières, elle essaie de lui rappeler ses habitudes.
En lui remémorant les événements, les anecdotes ainsi que les bons moments qu'ils ont vécus et partagés.

Le temps passe plus vite ainsi, Ella fait la conversation et meuble un maximum, afin qu'Ugo se détende un peu.
Mais celui-ci reste crispé.
La voiture arrive lentement devant la maison.
Elle active l'ouverture du portail électrique.

Ugo observe tous les mouvements autour de lui, s'attarde sur la maison, son emplacement de parking qui est vide. Ses yeux cherchent désespérément à découvrir un indice.
Il met un certain temps avant de descendre du véhicule, scrutant le moindre détail de cet endroit qui reste inconnu à sa mémoire.
Ella a refermé sa portière et fait le tour pour l'aider à sortir de la voiture.

Elle le tient par le bras ... il peut largement marcher seul mais accepte son aide.

Tous deux se dirigent d'un pas lent, presque hésitant, vers la porte d'entrée.

La clé dans la main, elle l'introduit dans la serrure. On l'entend tourner dans le pêne, un tour, puis deux et le dernier cran qui libère la gâche et la porte s'ouvre enfin.

Le hall se présente à ses yeux, puis le salon apparaît.

Ella lui emboîte le pas et le rassure en ironisant :

- N'aie pas peur voyons, mon chéri... entre... tu es à la maison... chez nous !!!

Un petit rictus se dessine sur ses lèvres, il avance sans prêter attention à la boutade de sa femme puis sans la regarder, fait quelques pas et se retrouve dans le salon, contourne le meuble et s'installe sur le canapé tout naturellement.

Son attention est attirée par un porte-photos numérique où défile, toutes les cinq secondes, une nouvelle photo.

Celle de leur mariage, il se reconnaît aussitôt, en costume bleu, elle plantureuse dans cette magnifique robe blanche couverte de dentelle, un superbe bustier qui met en valeur sa poitrine et... tiens, cette photo, témoigne de leur séjour à Paris.

Leurs poses de stars au pied de la Tour Eiffel, une autre sur la côte normande à Deauville, puis au soleil de Nice, devant le Colisée à Rome et bien d'autres destinations encore.
Toutes les photos défilent en boucle, les unes après les autres, quand il entend.

Ella :
 - Retire ton blouson mon chéri, mets-toi à l'aise.

Il s'exécute sans quitter une seconde du regard le cadre, il se relève, retire une manche puis la seconde, dépose le blouson sur le canapé près de lui et reste absorbé par cette caverne aux souvenirs.

Ella vaque à ses occupations ménagères, passe devant lui, ne le dérange pas, met de l'ordre dans la cuisine, range les vêtements dans la penderie.
Il faut bien avouer que durant le mois qui vient de s'écouler, elle a abandonné les tâches ménagères. Ella n'était plus du tout motivée par ce que sont les corvées domestiques. Consciente du désordre qui dans ce contexte, était le dernier de ses soucis.
Pourtant aujourd'hui tel un phénix qui renaît de ses cendres, elle retrouve du baume au cœur et s'active même en chantonnant.

Pas le moindre doute, elle est heureuse du retour de son mari à la maison.

Ugo la regarde, se lève et la suit.

Il visite toutes les pièces, les découvre une à une comme si c'était la première fois.
Sa jolie épouse lui sert de guide, rappelle, indique les emplacements de chaque objet, ses affaires, sans oublier ses vêtements.

Elle passe par la cuisine, par la salle de bain, la chambre d'amis et enfin leur nid d'amour.
La décoration lui plaît... Des images lui reviennent peu à peu. Il ne se rappelle pas vraiment mais certaines choses l'interpellent.
Il y a une salle de bain dans la chambre, ça l'enchante et il le fait savoir.

Ella lui rappelle où se trouvent ses habits afin qu'il puisse se changer, se mettre à l'aise en passant une tenue plus décontractée. Il se saisit des vêtements presque par reflexe et se change sans hésiter.
Plus que dévouée, elle reste à sa disposition en permanence.
Il a l'impression d'être un enfant, mais un enfant roi !

Cet intérêt qu'il suscite lui plaît bien, il est aux anges par ce débordement d'attention mais malgré lui paradoxalement un sentiment d'agacement s'installe aussi.
Il y a toujours une dualité dans ses réactions, dans son ressenti mais il ne manifeste aucune réaction négative.

Les heures passent, Ugo se familiarise avec le lieu. Il prend doucement ses marques, que ce

soit du salon à la cuisine, en passant par la chambre, et ce jusque dans la salle d'eau quel que soit le sens.
Il regarde par la baie vitrée du salon et remarque qu'au fond de ce grand jardin se trouve un bel-abri bois, un mini chalet.
Quelques arbres fruitiers le bordent. Ugo est tenté de franchir la baie vitrée pour sortir sur la terrasse qui donne accès au terrain.

Ella le coupe dans son élan en lui disant :
- Je t'ai préparé des pâtes à la carbonara, mon chéri !... Je termine de dresser le couvert puis on passe à table.

Ugo :
-   super !

L'odeur de la sauce carbonara lui ouvre l'appétit, il se dirige vers la table de la cuisine et s'installe. Ella lui demande finalement de patienter encore un moment, juste le temps d'une petite douche rafraîchissante pour elle. C'est indispensable après cette journée harassante. Il est vrai que les températures sont élevées pour la saison.

Pour toute réponse, Il se saisit de la télécommande , l'active et instantanément l'image de cette télévision apparaît. Cela l'enchante, c'est un grand écran haute définition. C'est juste l'heure du journal, l'actualité n'est pas très réjouissante, plutôt sanglante. Son attention est tellement absorbée par le flot d'informations, qu'il ne voit pas le temps passer.

En fond sonore il y a le bruit de l'eau qui s'écoule dans la douche, puis cela cesse d'un coup, suivi d'un court silence avant qu'Ella sorte de la salle de bain en s'approchant d'Ugo.

Ugo toujours plongé au cœur des événements mondiaux détourne soudain son attention de l'écran et se fige, comme hypnotisé par la vision d'Ella qui se rapproche lentement vers lui, féline, tel un mannequin en plein défilé.

Elle porte une nuisette transparente qui s'arrête en haut des cuisses, avec un décolleté plongeant qui, à chaque pas, laisse entrevoir le bout de ses seins.

Ugo est subjugué par cette vision. Il reste bouche bée, il ne sait trop que faire, alors juste pour le plaisir des yeux, il profite de l'instant. Ella sent qu'il va enfin parler, lui qui n'a pas dit un mot jusqu'à présent...

Effectivement il se lance courageusement, et du bout des lèvres s'exclame :
 - On devrait manger avant que ça refroidisse.

Ella est vexée, elle caressait d'autres espoirs surtout une autre réaction de la part d'Ugo... La brève envie de lui verser le plat de pâtes sur la tête l'effleure. Puis elle se reprend, son grand sourire refait surface et répond :
- Oui mon chéri, viens te régaler. C'est certain cela va te changer des plateaux repas de l'hôpital
...
Ugo s'installe à table, prêt pour le tête-à-tête, enfin surtout pour avaler son met, cela sent si bon que rien que l'odeur à elle seule pourrait le faire grossir.

Ella a débouché une bonne bouteille de vin, son préféré, un Gigondas, en verse dans son verre et le lui tend en disant :

- Goûte-moi ça, chéri !!… Je pense qu'il est à la bonne température, c'est le vin que nos amis MERINAUT de Deauville nous ont offert , lorsqu'ils sont venus nous rendre une petite visite avant Noël.

Ugo porte le verre à ses lèvres, en prend une petite gorgée, le teste sur le palais… tout comme le font les œnologues avant de l'avaler et s'empresse de confirmer :

- Ha ! Oui, excellent ! C'est ainsi qu'il faut l'apprécier !!!

Ella se sert à son tour et boit son verre d'un trait, certainement une manière de pallier à l'affront qu'elle vient de subir. Puis à peine vidé se ressert immédiatement, un second verre, qu'elle prend le temps cette fois de savourer…

Ugo n'y prête pas attention et se concentre sur son plat qu'il dévore goulûment. Seul le bruit de la fourchette dans l'assiette se fait entendre.

Puis Ella rompt ce demi-silence en demandant :
- Tu aimes ?

Tout en se réservant, Ugo répond la bouche pleine :
- Humm !... Ouii... oui... c'est... un délice !

Ella se réjouit tout de même de lui avoir fait plaisir. Elle poursuit la conversation passant d'un sujet à l'autre.
Ugo participe finalement à cette discussion, laissant enfin entendre le son de sa voix.
Il donne l'impression à Ella d'être à nouveau présent. Certes, ce n'est pas encore le même Ugo qu'auparavant mais une étape est franchie.
Le repas se prolonge, vient le fromage, puis le tiramisu ! Ce dessert pour Ugo est un délice dont il ne se lasse pas, il en reprendrait jusqu'à l'indigestion... heureusement que sa femme le modère.
Il esquisse un sourire radieux, heureux comme un enfant !

Ella est émue, ses yeux se remplissent de larmes. Son homme a retrouvé ce sourire charmeur et désarmant, qui a toujours été son atout charme.

Le voilà, presqu'à l'aise et naturel comme s'il avait retrouvé ses repères.

Satisfaite, elle a le sentiment d'avoir gagné une première bataille.

Le repas se termine gentiment. Ella se lève et commence à débarrasser la table.

Ugo a les yeux rivés sur la nuisette qui couvre à peine ses fesses. Il se joint à elle pour lui apporter son aide, commence par prendre les verres et les assiettes à dessert. Retrouve Ella dans la cuisine, les mains plongées dans l'évier, un peu penchée en avant. Un tableau d'une sensualité qui ne le laisse pas insensible…Il est gagné par une émotion et une sensation qui l'effraie…

Saisi par la peur, il tourne les talons et s'en va débarrasser le reste.

Après plusieurs voyages du salon à la cuisine, il se pose quelques instants sur le canapé. De sa place, il a sa femme en ligne de mire et ne la quitte pas des yeux. Il se délecte de ce spectacle plein de sensualité dont il profite jusqu'au moindre mouvement. Puis il se lève et se dirige vers la chambre allume la télé et s'allonge de tout son long sur le lit.

Ella a fini de rincer la vaisselle, elle coupe l'eau, éteint la lumière et réapparaît au milieu de l'encadrement de la porte.

Dans la chambre, la télé est toujours allumée mais subitement Ugo ne la regarde plus et ne l'entend plus. Captivé par la posture d'Ella qui s'avance à petits pas, toujours féline et jouant de ses atouts.
La sensation qu'il avait ressentie dans la cuisine le reprend. Ella s'approche encore jusqu'à se positionner devant Ugo.

Celui-ci en avale sa salive plusieurs fois successivement. Il la regarde de la tête aux pieds. Ses yeux détaillent ses longues jambes fines et musclées à la fois, son regard remonte une fois de plus et s'arrête à la limite de la nuisette et de la peau.

Entreprenante elle l'enjambe et se positionne à cheval sur lui. Le vêtement remonté lui laisse percevoir désormais qu'elle ne porte aucun dessous.
Ugo est pris au piège, il ne peut plus y échapper, il y a cette part d'excitation et le mélange de cette peur qui lui noue l'estomac.

Ella semble déterminée, elle en rêvait de ce moment, et nous y voilà... Cela fait bien trop longtemps qu'elle est restée sourde à ses désirs, jusqu'à les oublier et les museler...elle passe ses bras autour de son cou, approche doucement ses lèvres jusqu'à frôler celles d'Ugo.

Elle recommence plusieurs fois et sensuellement passe d'une joue à l'autre, laisse échapper un petit râle de désir, revient sur les lèvres d'Ugo en laissant traîner sa langue.

Ugo est pris dans un tourbillon qu'il ne contrôle plus. Il laisse parler l'instinct.
Les baisers s'enchaînent, plus passionnés les uns que les autres, puis viennent les caresses, intimes, coquines...
Ugo soulève et retire cette nuisette qui finit par être encombrante. Ella lui déboutonne sa chemise, et l'aide à retirer ses vêtements, un à un...
Ils sont maintenant en tenue d'Adam et Eve, ils s'observent, se caressent avec les yeux, avec les mains.
De tendres baisers se déposent le long du cou, du dos, parcourent les cuisses, le bas-ventre.
Les corps s'enlacent, se serrent l'un contre l'autre, ils fusionnent pour ne faire qu'un.

L'osmose est au rendez-vous pendant ces instants magiques pour Ella. Assouvie, elle redécouvre et libère enfin ce désir intense qui vient de la combler dans ce corps à corps avec l'homme de sa vie.

Ugo lui, reste réservé. Il a fait l'amour comme si c'était la première fois, guidé par un instinct de désir ... pourtant cette femme lui demeure étrangère...
Même s'il a apprécié et passé un délicieux moment, il lui manque quelque chose ... cette émotion qui va au-delà des étreintes, du plaisir physique .... quand les âmes se touchent comme une évidence.
Il n'a pas ressenti cette flamme qui brûle quand l'amour atteint son paroxysme.

Cela le rend même triste avec un curieux sentiment de culpabilité, de l'avoir trompée. ...
Comme si son cœur appartenait à une autre qu'Ella.
Ella s'aperçoit de sa froideur et de sa distance ...
Se persuade que c'est certainement dû à son état... à sa perte de mémoire. Elle reconnaît qu'il a besoin de temps pour recouvrer ses repères et ses réflexes.

Son seul désir est de retrouver son homme d'avant… oui avant ce terrible accident… lorsqu'elle était au cœur de sa tendresse quand elle pouvait profiter de sa sensibilité et être le centre du monde…le sien…ce pouvoir qu'elle a totalement perdu.

Ils sont tous deux allongés sur le lit, après la séquence intense qu'ils viennent de vivre, voici la phase tendresse.
Ugo tient Ella dans ses bras, elle est retournée, il est collé contre son dos, les bras qui l'enlacent et les mains sur ses seins.
Elle aimerait qu'il lui chuchote des mots doux au creux de l'oreille, elle voudrait qu'il soit câlin. Mais rien de tout cela.
Ugo reste sans chaleur, impassible, un robot qui ne dit mot. Il somnole, avec déjà les yeux qui se ferment, prêt à s'endormir.

Alors qu'Ella lâche un soupir désespéré qui caractérise tout ce manque, Ugo est déjà parti boire l'apéro avec Morphée.
Elle tente encore de lui soutirer quelques mots, mais , sur sa nuque , seul le rythme de ses ronflements qui s'accélère lui fait vite comprendre et c'est une évidence… Ugo est déjà dans le monde des rêves.

Son souffle puissant commence à imiter le chant de la tronçonneuse. Il dort à poings fermés et ronfle à outrance.

Pourtant il ne tarde pas à se réveiller, se redresse, s'assoit sur le lit, se lève. Il est dans la pénombre, il y a juste le halo de la lune qui éclaire faiblement la pièce.

Il se dirige vers la porte de la chambre sans faire de bruit, se rend compte qu'il est tout habillé, se retourne instinctivement et reste figé quelques secondes.

En effet, il se tient debout devant cette porte et en même temps s'observe allongé sur le lit tenant Ella dans ses bras.

Il se détourne sans se poser plus de questions, comme si finalement tout était normal.

Sort de la chambre à pas feutrés évitant de faire du bruit, pour ne pas réveiller Ella et inconsciemment pour ne pas se réveiller lui-même.

Passe par la cuisine, pour prendre son petit déjeuner comme tous les matins, met en marche la machine à café, insère une dosette, attend encore un peu que le voyant cesse de clignoter pour libérer ce café qui coule dans la tasse... hume et se délecte de cette odeur qui s'échappe et se diffuse dans l'air.

C'est la première énergie dont il a besoin, pour affronter la journée, surtout avec tout ce qui l'attend. Il en est conscient, c'est une grosse journée aujourd'hui.
Il avale deux madeleines aux pépites de chocolat, encore une douce saveur dont le goût caresse son palais et apporte quelques forces à son corps pour attaquer la journée.

7h30 s'affiche sur sa montre électronique.

C'est un peu juste. Lui qui a horreur d'arriver en retard.
Alors, il abandonne sa tasse, le lait et le sachet de madeleines sur la table, se hâte, sort de la cuisine, prend ses clés, monte dans sa voiture et sans perdre une seconde démarre en direction du bureau.
Comme tous les matins, il emprunte le même itinéraire et, comme à son habitude, ressasse en roulant, les discussions de la veille avec son collègue de travail.
Il allume la radio et entend l'animateur annoncer que nous sommes vendredi 13.

Cela interpelle Ugo qui se dit :
-Tiens, je ne m'étais pas aperçu que nous étions aujourd'hui un vendredi 13. C'est pour moi, un jour de chance en général ! Je vais jouer un loto,

il y a forcément une grosse cagnotte au tirage de ce soir. Il se visualise déjà avec le magot et commence à faire un inventaire de tous ses désirs. Pour commencer, j'achète une grande et belle maison en bord de mer et....

Un grand bruit interrompt ses rêves. Il se sent secoué dans tous les sens, il ne comprend rien à ce qui se passe, jusqu'à ce que cela cesse.
Ce fracas assourdissant laisse place à un silence surprenant. Il reste immobile, les mains sur le volant. Il est groggy, une incompréhension totale, il ne sait... ni ne comprend ce qui lui arrive.

Il perçoit une voix qui répète à plusieurs reprises:
- Monsieur ?... Monsieur, tout va bien ? Vous m'entendez ?

Ugo reprend ses esprits et tourne enfin la tête en direction de cet interlocuteur qui continue à lui parler.

Il marque un second temps d'hésitation avant de s'exprimer d'une voix totalement défaite... les mots sortant difficilement de sa bouche, il répond faiblement :
- Ou...oui... je...je vais... bien... je crois !

Ugo essaie de descendre du véhicule.

Un inconnu lui crie :

- Ne bougez pas Monsieur… les pompiers arrivent !!!

UGO :

- Pourquoi les pompiers ?

L'inconnu :

- Monsieur, s'il vous plaît, restez tranquille ! C'est plus prudent, vous venez d'avoir un accident.

Ugo écoute l'individu parler mais ne tient pas du tout compte de ses recommandations. Il ouvre ce qui reste de la portière.

Des éclats de verre se détachent et tombent sur le bitume.

Il sent qu'il peut bouger, il pivote son buste un peu sur la gauche, puis extrait du véhicule sa jambe gauche, faisant de même pour la droite, se retrouve positionné de côté sur son siège conducteur.

Il place ses mains sur les montants droit et gauche pour se hisser hors du tas de ferraille.

Enfin, il se dégage de ce qu'il reste de sa voiture.

Une fois debout, il vacille quand même un peu.

L'homme à ses côtés saisit son bras pour le retenir.

UGO, décline cette main tendue en la retirant :
- Ça va, je vous remercie.

Il scrute tout ce qui se passe autour de lui. Il aperçoit à l'arrière un autre véhicule également accidenté où s'est formé un attroupement.
Et s'en approche tant bien que mal alors que les pompiers arrivent toutes sirènes hurlantes. Il continue à se frayer un chemin.

Une personne l'interpelle et lui demande :
- Ca va monsieur ? Vous avez eu de la chance.

UGO :
- Mais...Que s'est-il passé ?

La personne:
- La grosse voiture noire, là-bas, roulait à vive allure, a grillé le feu rouge et vous a violemment percuté. Suite au choc, votre véhicule a effectué plusieurs tonneaux. Alors, vraiment...je vous assure... vous êtes un miraculé!

Ugo commence à comprendre qu'il l'a échappé belle tout en continuant à se diriger vers ce qu'il reste de la grosse Mercedes noire.

La portière arrière est entrouverte, il y a toujours une barrière de curieux qui le freine dans sa marche.

Il aperçoit la moitié d'un corps féminin, émergeant du véhicule, deux jambes et, habillé d'une robe rouge très élégante, une femme superbe en sortir. Elle se trouve à l'arrière du véhicule.

Avec la foule, Ugo distingue cette créature mais ne voit pas son visage. En revanche entrevoit, le chauffeur devant inconscient , sa tête ensanglantée repose sur le volant.

Des personnes tentent de lui venir en aide en attendant les secours qui finalement arrivent au même moment.

Son regard se porte à nouveau sur la femme en robe rouge. Elle est de dos.

Il tente de l'approcher pour s'assurer qu'elle n'a rien de grave. Mais quelques curieux les séparent encore.

Celle-ci se retourne comme si elle sentait la présence d'Ugo, le fixe du regard.

Ugo reste foudroyé par sa beauté, envouté par ces grands yeux clairs, sa chevelure d'ébène qui descend jusqu'au bas du dos et ses courbes généreuses.

Il se passe quelque chose d'indéfinissable entre eux. Cette alchimie inexplicable que d'aucuns nomment le "coup de foudre".

Ils se perdent chacun dans le regard de l'autre. Une connexion de leurs âmes...

Et se rapprochent, attirés comme des aimants ... seuls au monde.

Ugo lui tend la main et se présente, elle fait de même.

Quand soudain, son doux regard laisse place à l'effroi et sans demander son reste, elle lâche la main d'Ugo, s'enfuit à toutes jambes, se fond dans la foule et disparaît.

Ugo ne comprend pas ce qui vient de rompre le charme... La femme de sa vie vient de s'évaporer. Il se retourne pour découvrir ce qui a pu effrayer autant Carole. Il remarque... une limousine noire qui se gare à proximité du lieu de l'accident, les portes s'ouvrent brusquement, deux hommes en descendent précipitamment, cherchent du regard cette femme à la robe rouge, l'aperçoivent et se mettent à courir dans sa direction.

Tout devient confus !!! Ugo , sans même réfléchir, leur emboîte le pas sans trop savoir pourquoi. Il est encore sous l'emprise de la rencontre avec Carole, la liaison est divine ...

il a encore son parfum dans le nez… elle représente l'amour à l'état pur, pour lui c'est certain, c'est elle, la femme de sa vie… il fait confiance à son ressenti, cette émotion magique.. il ne compte pas la laisser se volatiliser et encore moins si le danger la guette…

Il reste totalement subjugué par son apparition, il l'identifie, comme son âme sœur… il en est certain. A n'en pas douter c'est elle.

Tout à ses réflexions, l'amour lui donne des ailes si bien que lui vient une âme de héros, sans se poser de questions, il poursuit ces hommes, qui eux-mêmes s'efforcent de rattraper Carole.
Il pressent que tout ce petit monde est plus rapide que lui, il est en train de se faire distancer et perd leurs traces.
Carole a beaucoup d'avance et disparaît dans une ruelle. Les deux gorilles la suivent de près et disparaissent également, si bien qu'Ugo à son arrivée trouve la ruelle totalement déserte.
Enfin, pas vraiment, un homme est assis sur le bitume, adossé contre un mur à quelques mètres de lui, une bière à la main.
Ugo s'en approche et lui demande s'il a aperçu une femme en rouge, et deux hommes en costume noir à ses trousses, ou même juste s'engager dans la ruelle.

L'homme qui espérait quémander une cigarette baisse la tête et s'enferme dans un mutisme suite aux questions d'Ugo. Il semble habité par la peur, c'est une évidence.
Ugo est interpellé par le comportement de cet homme ivre et visiblement apeuré. Il s'interroge... De quoi a-t-il peur ? Qu'est-ce qui peut l'inquiéter à ce point ?

Connaît-il ces hommes en noir ? Ugo insiste et le harcèle de questions.

Il obtient, tant bien que mal, quelques explications, l'ivrogne lui révèle que ces hommes sont dangereux et qu'il ne veut surtout pas de problèmes...

Ugo désireux d'en apprendre plus ne lui laisse aucun répit, allant jusqu'à le tenter par un billet de dix euros. Le miracle se produit, l'homme retrouve une mémoire sélective mais bien fournie.
Il lui apprend ainsi que ce sont des hommes de main de Monsieur Rodriguez, un mafieux local qui règne sur le monde de la nuit, dans le domaine de la drogue et de la prostitution.
Ugo ayant remarqué qu'il obtient bien plus de réponses avec l'appât du gain, se sert d'un

autre billet pour apprendre qu'au final la femme en rouge n'est autre que la sœur du dangereux Rodriguez.

"Intéressantes toutes ces infos" pense Ugo satisfait, cet homme est mieux qu'une gazette nationale".

Il demande une dernière fois, la direction prise par ces gens, et se laisse délester de quelques billets supplémentaires… mais il estime le renseignement bien plus précieux que tout.
Il espère seulement que ce marginal ne l'a pas mené en bateau, ne se pose pas d'autres questions et suit à la lettre les indications.
Il s'élance dans les ruelles, passe de l'une à l'autre, traverse un porche... monte puis descend des marches, attentif au moindre bruit qui pourrait le mettre sur la bonne voie.

L'histoire de Carole est qu'elle fuyait son frère quand l'accident s'est produit.
Etant en total désaccord avec les trafics et les affaires douteuses de celui-ci.
Lorsque bien malgré elle, elle découvre cette énorme quantité de drogue destinée aux élèves du lycée de l'Est et aux jeunes du quartier, un lieu qu'elle connaît bien c'est là qu'elle vivait étant enfant.

Pour elle, impossible de laisser faire cela.

Elle savait que son frère était dans les affaires, mais crédule sans doute, ne s'imaginait en aucun cas qu'il trempait dans ce monde de déchéance et de trafic en tous genres.

Elle refuse obstinément même au péril de sa vie d'être la complice passive de cette affreuse découverte.

Elle ne peut décidément pas se résoudre à l'idée de ce qu'est devenu son petit frère, turbulent comme tous les jeunes de son âge, lui si gentil, si attentionné, toujours aux petits soins pour elle et sa famille.

Carole ne se remet pas de cette douche froide, stupéfaite par cette conversation qu'elle a surprise entre son frère et des revendeurs.
Un règlement de compte plutôt houleux qui s'est terminé par la correction du dealeur qui n'avait pas payé l'intégralité de sa dette.

Auditrice involontaire, tout simplement en venant embrasser son frère et lui rendre une petite visite comme elle en a l'habitude ... lorsque les voix et les échanges agités lui sont parvenus, son réflexe fut de se dissimuler dans la pièce d'à côté, mais depuis elle est devenue un témoin gênant. Elle s'imaginait que par chance, personne ne s'était rendu compte de sa présence.

Car ce jour-là, Carole déboussolée par ce qu'elle venait de vivre, était restée cachée derrière ce bureau, n'osant plus bouger sur l'instant, de peur de croiser Carlos, son frère ou ses acolytes. Elle avait attendu longuement terrée dans sa cachette. Lorsqu' elle quitta enfin la pièce et se retrouva face aux sachets de poudre.

Elle resta mortifiée de découvrir que son petit frère adoré était aussi un vendeur de mort. Envahie par un sentiment de culpabilité et Incapable d'ignorer l'existence et la destination de ces sachets. Sa conscience l'obligea à prendre l'initiative de faire disparaître et dissimuler ces paquets, il y en avait plusieurs kilos.

La valeur d'une fortune bien mal acquise qu'elle souhaitait voir se volatiliser, car elle n'avait pas le cœur et ne pouvait laisser vendre cette cochonnerie aux jeunes de son quartier. Elle mit le tout dans un sac plastique comme si elle revenait du supermarché et la peur au ventre ressortit discrètement de la maison. Finalement soulagée de voir que personne ne l'avait vue, ni interpellée.

Elle était repartie sereine, enfin presque, pour trouver une cachette dont elle serait seule à détenir le secret.

En voyant les hommes de main de son frère sortir de la limousine, sur le lieu de l'accident, elle a deviné qu'ils étaient à sa recherche.

Elle avait bien remarqué que la voiture la suivait depuis quelque temps, mais n'avait pas réalisé qu'on l'espionnait.

Elle en était encore à se demander comment ils avaient bien pu découvrir... Elle était certaine, que personne ne l'a soupçonnerait.

Brusquement elle devient livide, trempée de sueur, puis se glace et se souvient. Mais c'est bien sûr... Elle avait oublié que la maison était truffée de caméras, tout s 'explique.

Le choc, l'émotion, la déception, tous les ingrédients de la conscience bienveillante étaient réunis pour l'obliger à agir et négliger ce détail important.

Et voici la conséquence de son acte chevaleresque.

Carole a réussi, pour le moment, à échapper à ses poursuivants.

Elle a heureusement une amie d'enfance qui possède un appartement dans cette ruelle étroite et lui laisse un double des clés.

Carole lui rend service de temps à autre, en arrosant les plantes, ainsi qu'en entretenant le trois pièces afin qu'il reste toujours en bon état.

Son amie Élise, est hôtesse de l'air pour une compagnie étrangère et ne vient que rarement dans ce pied à terre.

De plus, cela la rassure de savoir que Carole vient régulièrement dans son appartement vide.

Ce vendredi 13, Élise est certainement son ange gardien car, sans ce refuge secret, elle n'aurait jamais pu semer les colosses en costume noir.

Ugo erre dans les rues, arpente toutes ces ruelles.

Il passe, retraverse, fait le chemin en sens inverse, pour revenir à son point de départ.

Le vagabond, porte un intérêt tout particulier à ses allées et venues en baragouinant entre ses dents.

Ugo s'approche de lui. L'homme est tellement imbibé d'alcool qu'il dit tout et n'importe quoi.

Ugo lui reparle des gorilles, l'homme déballe tout ce qu'il sait sur les malfrats.

UGO :
- Et la femme en rouge qui les précédait, tu l'as déjà vue ? Tu la connais ?

L'homme lui fait gentiment comprendre qu'il a soif et que, sans ce carburant, il ne pourra plus avancer dans la discussion.

Ugo sort à nouveau un billet qu'il lui tend sans le lâcher... L'homme essaie de le tirer vers lui.

Ugo réitère ses questions.

Le clochard :
- Oui... je l'ai vue et je la connais... c'est une amie d'Élise.

UGO lâche le billet :
- Elle vient souvent ? Qui est Élise ?

Le clochard :
- Tu me poses trop de questions à la fois !!!

UGO :
- Réponds déjà à ces deux-là !

Puis il tend un autre billet. Ugo a l'impression de devenir un distributeur sur pattes, mais sans code.

A chaque question la note s'allonge. Il en minimise l'importance, seul compte le résultat, obtenir les informations pour retrouver la femme de ses rêves.

L'homme tire de nouveau le billet vers lui et répond :
- Oui, elle vient régulièrement.

UGO :
- Ok ! et qui est cette Élise ?

Le visage de l'homme change d'expression les yeux rêveurs, son vocabulaire devient poétique:
- Élise est une déesse...c'est ça...une déesse... apparaît des fois....Belle muse ... sortie des antiquités grecques.
En plus de sa beauté à l'état pur, elle a le cœur sur...sur... la main. Quand elle passe par ici...Ben... elle m'apporte toujours un petit quelque chose et...et... quand...quand elle me parle c'est...ouiiii...c'est... cette voix douuuce... enchante...heu !...resse, elle me transporte.
Elise, c'est...

UGO lui coupe la parole :
- Oui d'accord ! D'accord !... mais quel est le rapport avec Carole ?

Le clochard :

- Hé ben … Heu… je te l'ai dit. T'es sourd ? C'est une amie à elle. Et…ben Elle vient … chez elle…pas toujours. Elle habite là… juste derrière.

Ugo, surpris par la réponse de l'ivrogne et surtout impatient le secoue et ordonne:
- Dis-moi où ?... C'est où bon sang ?

Le clochard en titubant et joignant à la parole son doigt dressé:
- Ah non !...Non !...et non !!!

Ugo s'énerve :
- Quoi ?...Quoi non ???

Le Clochard :
Ben…faut payer...Tu sais ça…C'est une info !...et…Ça vaut de l'or !!!

Ugo sort un gros billet et l'appâte en lui disant :
- Ok !...alors, il sera à toi lorsque je serai devant la porte.

L'homme roule des yeux et se relève tant bien que mal, laisse tout son bazar sur le côté de l'emplacement qu'il s'est accaparé et commence à marcher dans la ruelle en zigzagant.

Ugo le suit. L'homme a du mal à tenir le cap, il tangue tellement qu'Ugo est à deux doigts d'avoir le mal de mer.

L'essentiel pour lui reste la destination…il avance et c'est le principal. Il arrive au bout de la ruelle et tourne immédiatement sur la droite.

Il y a des escaliers qui descendent, une dizaine de marches. L'homme descend les marches une à une, comme s'il allait retrouver la terre ferme, cela ressemble à une expédition, c'est pour lui un drôle de périple.

Il fait encore quelques mètres et indique du doigt une porte, tout en lui réclamant :

-C'est là !...Hé !...Mon billet maintenant !!!

Ugo s'approche d'abord de l'entrée et vérifie les noms sur les boîtes aux lettres.

Effectivement, il y a une Elise HEE.

Ugo revient sur ses pas et comme promis donne le billet à l'homme qui lui arrache des mains et s'en retourne, reprenant son chemin en maugréant, dans une démarche, inquiétante pour son équilibre, mal assurée…

Devant l'entrée, un peu pris au dépourvu, Ugo cherche un moyen d'entrer et prendre contact avec sa nymphe à lui !

Le doigt sur la sonnette, il hésite… n'ose pas appuyer, reste debout face à ce vidéophone, stoïque, inquiet, peur qu'elle ne réponde pas, puisqu'elle doit se cacher de ces voyous .

Il est en opposition avec ses propres désirs, il s'interroge que faire ?... Attendre encore et encore, quand des douleurs se rappellent à lui, il ressent à présent toutes les courbatures dues à l'accident.

Puis la raison lui revient, il réalise que dans l'euphorie et la confusion, il a abandonné sa voiture.

Ugo pense :

-Mince…Je me dois d'y retourner, je ne peux pas laisser tout cela en plan.

Il se décide à regret de quitter ce lieu où se trouve sa bien-aimée… si près du but, il enrage de cette situation tellement frustrante et fait demi-tour à contrecœur.

Il presse le pas pour atteindre le carrefour où s'est produit l'impact.

Il avance toujours d'un pas décidé lorsqu'il aperçoit, au bout de la rue, la petite fille en blanc.

Cette même enfant, oui celle précisément qui était assise auprès de lui au moment de l'accident.

Ça ne fait pas l'ombre d'un doute, Il la reconnaît, elle porte toujours sa petite robe blanche.

Dans un premier temps, sans se préoccuper d'Ugo, celle-ci joue en toute innocence avec une balle qu'elle lance contre le mur et qu'elle rattrape sans cesse.

Puis, brusquement se retourne et sourit à Ugo avant de rattraper une dernière fois sa balle, de tourner les talons et de disparaître au coin de la rue.

Ugo presse encore le pas et espère la rejoindre. Il en arrive même à trottiner pour ne pas quelle lui échappe. Il accélère encore la cadence mais à son grand regret, elle n'est plus là. Il reprend alors son chemin durant quelques mètres et se retrouve enfin sur les lieux de l'accident. Evidemment, le temps s'étant écoulé, il n'y a plus aucune trace de quoi que ce soit.

Les voitures ont été enlevées, la chaussée nettoyée. L'effervescence qui régnait après la collision a disparu.

Le carrefour a repris son rythme de circulation, géré avec une régularité parfaite par l'alternance des feux tricolores.

Seul un véhicule particulièrement étonnant attire l'attention d'Ugo, une longue limousine noire, stationnée le long du trottoir, de l'autre côté de la rue.

Un frisson le parcourt, la peur peut-être, l'inquiétude sans doute pour la femme à la robe rouge.

Il sait où elle se cache et s'en réjouit, rassuré et certain que les gorilles ont perdu sa trace.

Les vitres de la voiture sont teintées. De loin, il est difficile d'apercevoir quiconque au travers. La curiosité le pousse à s'assurer qu'il s'agit bien des mêmes personnes.

Il s'approche le plus discrètement possible. Mais l'opacité des vitres l'empêche toujours de voir à l'intérieur.

Il poursuit son chemin et longe une haie de cyprès.

Une idée germe en son esprit. Il cueille une pomme de pin du cyprès, s'engouffre dans la haie de façon à passer inaperçu et la lance sur la voiture.

Il entend le bruit que fait celle-ci lorsqu'elle touche et cogne la carrosserie.

La réaction ne se fait pas attendre, instantanément la portière s'ouvre et en sort un colosse qui fait le tour du véhicule, scrute les alentours tout en essayant de localiser et comprendre d'où vient ce bruit.

La tête de l'homme de main, scrute le carrefour de gauche à droite, son regard se porte sur tous les bruits à la recherche d'un mouvement suspect, tel un radar ou un sonar qui reçoit un écho.

Ugo, bien caché dans le feuillage, ne bouge pas un cil, c'est tout juste s'il respire.
Il est pétrifié mais cette montée d'adrénaline l'excite et lui donne du courage à la fois. Il sait qu'il prend des risques sans s'expliquer pourquoi, cependant il est prêt à tout pour cette inconnue qu'il considère à tort ou à raison comme la femme de sa vie.

L'homme à l'affût pose son regard dans sa direction.
Ugo se croit repéré, il en tremble mais ne bouge toujours pas.
Finalement, l'homme détourne son regard et son attention se porte sur un véhicule qui passe à vive allure.

Ugo soulagé respire enfin. L'homme remonte dans son véhicule, observe une dernière fois les alentours et referme la portière.
Ugo se méfie et reste immobile encore quelques instants croyant à une ruse pour le débusquer. Après plusieurs minutes, complètement rassuré, il sort de ce fourré et reprend innocemment sa marche sur le trottoir afin de ne pas éveiller les soupçons.

Tout en prenant instinctivement, la direction de la vieille ville sans se retourner. Il se rapproche rapidement des ruelles en accélérant davantage le pas. Désormais son objectif est de retrouver cette femme qu'il idolâtre déjà.

Arrivant à la hauteur du clochard, il lui adresse un petit signe amical pour le saluer alors que l'homme, ivre, lui tend la main espérant lui soutirer peut-être un petit billet.
Il identifie Ugo et le prend pour son distributeur de billets sur pattes.
Du bout des lèvres, Il baragouine quelques mots incompréhensibles en le suivant du regard mais passe son chemin sans lui porter plus d'attention.

Soudain Ugo aperçoit une petite dame se dirigeant en direction de l'entrée d'Elise.
Il devine à sa silhouette voûtée qu'elle est âgée, elle marche devant lui, et peine à porter ses paniers de courses.

Il accélère la cadence et rattrape la veille dame, arrive à sa hauteur juste lorsqu'elle s'apprête à entrer dans la cage d'escalier.
Quelle aubaine ! Ugo en lui emboîtant le pas propose son aide pour porter ses paniers.

Exténuée par cette lourde charge, elle accepte. Ils montent ensemble les deux étages.

Il la suit avec les bras chargés de ses courses et, tout en essayant à chaque étage de lire les noms sur les sonnettes des portes.

La vieille dame arrive péniblement devant sa porte et lui demande de patienter quelques secondes, le temps de déposer quelques provisions chez sa voisine.

Ugo faisant preuve d'une courtoisie exemplaire acquiesce et attend sagement. Pendant que celle-ci tapote du bout des ongles sur la porte d'en face d'une petite voix fluette :

- C'est moi ma belle !.

La porte s'ouvre prudemment, en grinçant un peu.

La femme à la robe rouge apparaît...

Comme précédemment, suite à la collision, leurs regards se croisent pour la seconde fois de la journée.

L'effet se répète, il ne manque plus que les éclairs...la foudre a bien frappé ces cœurs qui battent la chamade...Un sourire se dessine sur leurs visages, ils ont tous deux reçu les flèches de Cupidon en plein cœur.

Carole remercie Madame Huguette qui sort une clé de sa poche puis ouvre la porte de son appartement, rentre ses paniers de courses, se retourne, jette un œil en direction d'Ugo avec un petit sourire entendu, tout en abandonnant les tourtereaux sur le palier, elle referme sa porte en prenant bien soin de la verrouiller à double tour.

Ugo est toujours au même endroit, debout, pétrifié, il n'a pas bougé d'un millimètre.
Il reste muet, tellement confus qu'il s'apprête à faire demi-tour et redescendre l'escalier quand Carole l'interpelle avec humour en lui laissant le choix de faire le planton sur le palier ou d'entrer boire un verre.

Il ne se fait pas prier et entre timidement. Carole s'assure qu'il n'y a plus personne dans l'escalier et referme doucement la porte.
En se retournant après avoir fermé à double tour, elle se trouve face à Ugo, presque collé l'un contre l'autre.

Ému et gauche, il est toujours planté là dans l'entrée, comme tétanisé par la présence de cette femme. Il regarde cette créature toujours aussi éblouissante dans sa robe rouge.

L'intensité de cette émotion est plus que partagée par Carole qui aussi le dévore des yeux.

 Le silence s'installe, seuls les battements de leurs cœurs amplifient ce silence.

Ils ne perçoivent plus que ça !! Cela résonne dans leur poitrine tel un tambour.

Ces pulsations intérieures en deviennent enivrantes.

Instinctivement les corps se rapprochent comme deux aimants au ralenti, l'émotion est si puissante que le temps s'est figé seulement pour eux. Ils se sentent envahis par ce sentiment d'être seuls au monde. Ce moment d'osmose est accentué par la chaleur de leurs corps qui s'attirent de plus en plus. Les bouches se cherchent, leurs lèvres se frôlent.

Ugo est tellement sous le charme qu'il reste immobile ! Carole a passé ses bras autour de son cou, pendant qu'il tient son joli visage entre ses mains, puis glisse ses doigts dans le cou et remonte de la nuque jusqu'au sommet de la tête, ébouriffant ses cheveux dans tous les sens.

Les bouches se rapprochent encore et encore, leurs lèvres se touchent, le baiser se dessine, ils vont enfin s'embrasser...

Ugo ferme les yeux et tient toujours Carole par sa chevelure. Les bouches sont prêtes à se dévorer quand le téléphone sonne.

Carole reconnaît la sonnerie personnalisée de son frère.
Elle tourne brusquement la tête et se précipite pour refuser l'appel et couper le téléphone. Les battements de cœur se sont accélérés mais cette fois différemment car l'angoisse a repris sa place...
Carole s'est déplacée jusqu'à la petite table basse où reposait son smartphone.
Elle est tellement stressée qu'elle s'assoit sur le petit fauteuil en face du canapé en cuir beige. Elle propose à Ugo de se mettre sur celui-ci.

Il s'exécute, se pose sur le canapé face à elle.
Le silence s'installe à nouveau, l'inquiétude palpable efface les sourires de leurs visages. Sur celui de Carole se lit la terreur qu'elle ne peut dissimuler.

Ugo ne sait toujours pas pourquoi, elle est autant terrifiée.
Alors qu'il s'apprête à lui poser la question, son attention est détournée par quelque chose qui l'interpelle, l'intrigue au plus haut point, devenant sa préoccupation majeure.

Il vient de se rendre compte que l'appartement dans lequel, ils se trouvent tous deux, est pour le moins surprenant...
L'intérieur, la décoration et même les meubles sont identiques à ceux de la maison où il vit avec Ella... Exception faite des personnages dans les cadres photos.

Un point d'interrogation s'observe dans le regard d'Ugo. Il reste sans voix, les yeux hagards, perdu dans une incompréhension totale.

Carole s'empresse de lui poser la question qui le sort de sa torpeur :
- Tout va bien ?

Puis en servant un petit whisky à chacun, dont ils ont bien besoin et sans lui laisser le choix du remontant. Son verre à la main, elle se lève et s'approche de la fenêtre. Ugo naturellement, la suit. La vue est imprenable. De leur poste, ils ont un angle d'observation unique sur les deux ruelles perpendiculaires au bâtiment dans lequel ils se trouvent.
C'est tellement bien situé qu'Ugo repère facilement le clochard qui l'a si bien renseigné dans son enquête sur Carole . Il réalise qu'au fond, c'est bien grâce à cet homme qu'il l'a retrouvée aussi rapidement.

Il le voit d'une part comme un ivrogne qui lui inspire un peu de pitié et d'autre part comme un sauveur. Il minimise la pitié en la divisant par deux car cela lui a tout de même coûté quelques billets !

Ugo raconte et énumère toutes les étapes qu'il a dû franchir pour parvenir jusqu'à elle.

Carole porte son regard sur le vagabond dans la rue, lorsque tout à coup, tous deux sursautent à la vue de ce qui se passe.
Les hommes en costumes noirs abordent le clochard. Celui-ci gesticule, tend la main et obtient encore quelques billets. Le résultat ne se fait pas attendre.

L'ivrogne toujours éméché se redresse en pensant :
- Décidément, aujourd'hui ce bout de trottoir est un eldorado.

Une fois debout, avec une posture plus ou moins stable, il indique aux gorilles par des gestes, comment se rendre chez Carole.
L'appartement est si bien situé. Qu'il est un véritable poste d'observation et en cet instant précis, c'est une chance pour eux !

Carole et Ugo comprennent qu'il leur faut quitter au plus vite cet endroit où ils ne sont plus en sécurité. La panique, a remplacé ces moments qui paraissaient si magiques, et si romantiques. La seule chose qui leur reste à faire est de prendre leurs jambes à leur cou. Il leur faut fuir au plus vite et surtout le plus loin possible.

Le temps de poser les verres, récupérer les clés, ils doivent à tout prix sortir de l'appartement sans faire aucun bruit dans la plus grande discrétion.

Ils entament leur fuite à pas feutrés en passant furtivement devant les portes d'entrées des voisins avant de dévaler les escaliers pour descendre au sous-sol, traverser les caves puis passer par une issue de secours qui donne dans une autre ruelle derrière l'immeuble.

Ugo devance sa protégée, ouvre cette porte, passe la tête à l'extérieur et s'assure qu'il n'y a pas de danger. Pour l'instant personne à l'horizon, ils sortent ensemble, se retrouvent dans la rue. Commence alors une marche effrénée, puis ils accélèrent leur foulée et, finissent par courir à toutes jambes dans la direction opposée aux hommes de Carlos.

UGO, affolé, crie :
- Carole il faut courir ! Vite ! Ils nous ont repérés.

Carole reprend son souffle qui est déjà coupé et court sans se retourner, heureuse d'avoir eu le temps de chausser ses ballerines …Ils se dirigent tout droit vers la grande avenue. Plus ils s'en approchent et plus le bruit de leurs pas se confond dans un vacarme indescriptible.

Ugo tient Carole par la main et l'entraîne en direction de ce tintamarre.
Épuisée, elle est à la limite de s'effondrer, mais la peur lui donne des ailes, elle le suit par la force des choses, ballotée de toutes parts, elle a l'impression qu'Ugo va lui arracher le bras.
Elle se dit qu'à ce rythme, s'il persiste à tirer ainsi sur son bras. Bientôt elle pourra se gratter les pieds sans se baisser ! Elle sourit intérieurement de la plaisanterie de son esprit, une façon d'estomper son angoisse.

Ugo et Carole aperçoivent, au bout de la rue, une foule habillée en blanc et rouge qui défile.
Tous deux remarquent que c'est une chance inespérée, ce coup de pouce du destin va leur permettre de se fondre dans la foule pour échapper à leurs assaillants.

C'est à bout de souffle qu'ils arrivent à la hauteur de la foule, suivent le mouvement et se fondent dans la masse.

Freinés dans leur escapade, ils se laissent emporter par cette cohue, au milieu de cette place.

Enivrés par cette ambiance festive, une musique attire leur attention. Qui s'amplifie à leur approche...

Les curieux s'arrêtent et s'amassent devant le groupe de musiciens pour se délecter de ce mini-concert de plein air.

Les chansons entraînantes au rythme latino offrent aux spectateurs la joie de s'égosiller en reprenant en cœur et sans complexe, tous les refrains. Ce groupe de gitans met une ambiance survoltée et chaleureuse.

L'effet est immédiat, tous les passants se balancent en dansant sans réserve envoutés par le son magique des guitares qui les emporte.

Nos fugitifs n'ont pas le temps de s'attarder mais malgré eux, se retrouvent devant l'orchestre.

Au milieu de ces centaines de badauds la beauté de Carole dans sa robe rouge ne passe pas inaperçue.

Un des virtuoses guitaristes du groupe captivé par cette magnifique créature ne tarde pas à l'approcher. En bon séducteur, la fixe droit dans les yeux. Grattant de plus belle les cordes de son instrument, il lui bat la chamade sur un rythme endiablé, et lui dédie ce tube "Marina".

Le temps d'un instant Carole se laisse transporter esquissant quelques pas de danses sur l'ode de ce soupirant. Mais l'heure est grave et l'oblige à s'éclipser discrètement, au grand désespoir du guitariste, qui la voit glisser sa main dans celle d'UGO et s'éloigner rapidement. Après ce doux intermède, l'angoisse réapparaît.

Tous deux font le maximum pour se fondre dans la foule, têtes baissées.

Carole est toujours dans sa belle robe rouge pas vraiment en accord avec ses ballerines , mais plus confortables que ses escarpins qu'elle a préféré abandonner dans sa fuite……
Cela ne l'empêche pas de se confondre dans cette foule aux couleurs blanche et rouge, en revanche le costume bleu d'Ugo tranche et dénote. Il se sait repérable à des kilomètres et comme il le pressentait instinctivement en se retournant, Ugo aperçoit les hommes de main de Carlos.

Ceux-ci courent dans leur direction et se rapprochent dangereusement.

Ugo encourage Carole à reprendre un rythme débridé en se sauvant de nouveau.
Brusquement , un mouvement de foule les Sépare. Cette marée humaine est si puissante que Carole a lâché la main d'Ugo.

Elle vient d'être arrachée à son protecteur et se retrouve au milieu d'un groupe de personnes qui l'emportent sur le côté de la route.
Carole tente, désespérément, de résister à la pression de la foule qui l'emporte…mais elle est entrainée, sans pouvoir réagir, sur le trottoir. Elle entend des cris et la vague humaine s'intensifie. Elle a beau chercher du regard Ugo de part et d'autre de la rue, plus aucune trace de du personnage.

Ugo, quand à lui, se retrouve de l'autre côté, il a également été projeté sur le trottoir opposé. Soudain, une rumeur et des cris envahissent toute la rue.

La foule s'affole de plus en plus et des taureaux majestueux apparaissent. Ils sont plusieurs.
Ils marquent un arrêt sur la route en essayant de fixer toutes ces cibles blanches et rouges, ils n'ont que l'embarras du choix devant toutes ces proies qui grouillent de partout.

Tous essaient d'être prudents en surveillant la trajectoire des bestiaux, par angoisse, par excitation, l'adrénaline submerge les plus courageux qui se précipitent et courent à hauteur des bovins pour simplement les toucher ou tester leur propre courage, défier leur peur.

Ugo s'affole en s'apercevant qu'il a perdu Carole, d'autant plus que les gorilles passent devant lui et courent toujours, prenant la direction du trottoir d'en face.
C'est à ce moment précis que la tendance s'inverse c'est lui qui les poursuit, ils ne l'ont pas vu et continuent à se frayer un chemin dans la foule.

Les taureaux se sont éloignés, la foule se disperse.
Carole se sauve encore et choisit de se réfugier dans un pub bondé, noir de monde.

Elle force le passage pour se glisser au fond de la salle, elle s'assoit à une table au milieu d'un groupe de fêtards.
Elle est protégée et cachée par des gaillards à forte corpulence.
La bière est de circonstance et coule à flots... pour la féria, cela fait partie des réjouissances.

D'ailleurs, les participants font tellement honneur à la tradition que personne ne se rend compte que Carole s'est incrustée à leur table. Ce poste de guet permet à Carole de se fondre parmi le décor au fond de la salle et de surveiller le déplacement de ses poursuivants à l'extérieur.

Elle cherche en vain à apercevoir Ugo, mais rien à faire, elle l'a bel et bien perdu. Elle n'ose plus bouger d'autant que les hommes à sa recherche se tiennent juste devant l'entrée du pub.
Ils scrutent tous les recoins, se retournent, vont et viennent d'un bout à l'autre de la rue et finissent par continuer à arpenter le boulevard, mélangés à tous ces aficionados d'un jour.
Soudain, Carole aperçoit Ugo qui passe et semble suivre discrètement les deux hommes. Elle essaie de lui faire signe, il ne voit rien, toute son attention est fixée sur les hommes qui le précèdent.
Elle crie en l'appelant de toutes ses forces, mais avec le brouhaha ambiant, ses appels ne lui parviennent pas.

Ugo disparaît de son champ de vision. Elle hésite un peu à quitter son refuge, et finalement prend l'initiative de le rejoindre, se lève, se faufile comme elle peut entre tous les clients du pub.

Tout le monde est serré, il y a foule.

Il lui est difficile de se mouvoir et d'accéder à la sortie. Quand elle y arrive enfin, Ugo n'est plus là, les gorilles non plus.

Elle a le sentiment d'être véritablement seule de vivre un cauchemar, et d'avoir le poids de toute la misère du monde sur ses épaules.

Elle remarque qu'Ugo lui manque déjà et que sans sa présence, il n'y a guère d'issue. Terriblement seule, elle s'inquiète aussi pour lui car elle ne connaît que trop bien ces hommes sans foi ni loi... et mesure le danger qu'il court.

Une fois sortie du pub, Carole est confrontée à un sérieux dilemme ce qui la pousse à s'interroger sur la bonne décision à prendre.

Doit-elle se mettre à suivre tout ce petit monde pour rattraper Ugo ou se chercher un abri le plus loin possible pour échapper à ses poursuivants?

Une véritable torture pour valider son choix entre le sentiment et la raison.

Finalement le sentiment l'emporte et elle décide de suivre le groupe avec l'espoir de rattraper Ugo.

Elle a un impérieux désir de le retrouver et s'engage dans la même direction que ce dernier.

La rue ressemble à une fourmilière, des centaines de personnes vont et viennent dans toutes les directions.

Cela lui donne le tournis mais elle s'engage quand même avec, pour seul objectif, retrouver celui qui a été capable de la faire frissonner, au premier regard.

Les rues grouillent de monde. Il y a encore des mouvements de foule qui se dessinent précédés d'un tas d'excités qui s'approchent d'elle en hurlant.

Elle comprend que les taureaux sont de retour.

Son premier réflexe est de se protéger puis sans demander son reste, elle se réfugie sous le porche d'une entrée d'immeuble.

La foule passe, les animaux avec, la tension électrique qui ravive la rue redescend d'un cran quand, soudainement, la porte ou elle s'était adossée s'ouvre brusquement derrière elle.

Elle était si bien appuyée contre celle-ci que par surprise, se trouve déséquilibrée, et bascule à l'intérieur.

Lorsqu'une voix familière s'exclame:
- Carole ? Que fais-tu là ? Quelle bonne surprise, ça faisait longtemps… que deviens-tu ?

C'est Nadia, une ex-petite amie de son frère.

Carole, surprise, lui répond le plus calmement possible :
- Moi ça va... Et toi ma belle, depuis le temps?

Elles entrent dans des banalités et courtoisies, mais Carole essaie de dissimuler tant bien que mal sa peur et sa détresse, de crainte que Nadia en toute innocence se pose des questions et prévienne Carlos.

Carole reste discrète et lui laisse croire qu'elle participe à la fête avec des amis, ce qui clôt la discussion.
Elles sortent ensemble de l'immeuble se font la bise en se séparant.
Carole reprend la direction qu'elle avait prise avant de se cacher sous ce porche.
Nadia lui adresse un dernier petit salut amical et part dans la direction opposée.
Carole marche quelques secondes avant de se retrouver face à ses chasseurs.
Les hommes de mains sont postés droit devant, à une trentaine de mètres. Elle virevolte et reprend sa course folle. Les deux athlètes en font autant.
Carole rattrape Nadia qui a juste eu le temps de s'engouffrer dans la voiture.

Elle ouvre brusquement la portière du côté passager, s'installe en toute hâte dans le véhicule en criant et priant, ordonnant même à Nadia de démarrer.

Nadia, surprise mais compatissante à la détresse de son amie, met en marche le véhicule et sans chercher à comprendre s'exécute.
D'un brusque réflexe, elle démarre en trombe. Au final, elle se rend compte à quel point la situation est grave quand les deux gorilles se présentent à la hauteur de sa portière, lui intimant l'ordre de s'arrêter.
Nadia gagnée par la peur, accélère de plus belle. Elle jette un œil dans le rétroviseur et les voit s'éloigner.
Les hommes de nature sportive attaquent un sprint pour rattraper la Clio.

La voiture a pris un peu d'avance mais freine brusquement. La rue est obstruée par la circulation. La porte de la Clio, du côté de Carole s'ouvre et elle en descend pour reprendre sa course folle. Les voyous sont toujours à sa poursuite.

Ugo est loin derrière eux, n'ayant pas la même forme physique, il se retrouve sérieusement distancé.

Ils ont tellement d'avance sur lui qu'il se retrouve seul au milieu de la foule.

Il marche, trottine un peu, marche encore, cherche du regard les hommes de main.

L'angoisse reprend le dessus, lui noue les entrailles.

Dominé par un sentiment de solitude, Il arrive déboussolé à une intersection et ne sait plus quelle direction prendre.

Il sait, au fond de lui, qu'il les a perdus. Il se décompose sur place. De l'angoisse, il passe à la peur. Il a l'horrible sentiment d'avoir abandonné Carole aux mains de ces gangsters.

Il cherche encore, désespéré, quand, au coin de la rue d'en face, la petite fille en blanc lui apparaît.

Elle est encore là, sa balle verte à la main. Elle lui sourit.

Ugo est absorbé par la vision de cette enfant, il tente de s'en approcher.

L'enfant pointe du doigt une direction et lui montre le chemin.

Tout en avançant vers l'enfant, Ugo tourne la tête en regardant immédiatement dans la direction indiquée par la petite fille. Il ne voit rien.

Il s'interroge le temps d'une fraction de seconde et retourne la tête vers l'enfant pour lui poser une question.

Il ne trouve que le vide devant ce mur, celle-ci a encore disparu ... elle n'est plus là!

Ugo ne perd pas de temps à la chercher et, sans plus se poser de questions, prend la direction qu'elle lui a désignée. Il se demande qui est cette petite, une vision ? Un ange tombé du ciel ?

Il n'a pas fini d'élucider ce mystère, qu'il se retrouve dans la rue où Nadia s'est orientée, bloquée dans les bouchons.

Ugo ne connaît pas l'existence de Nadia mais il voit bien la voiture arrêtée au bout de la rue, il aperçoit une femme en robe rouge en sortir et s'éclipser dans la foule, avec à ses trousses les gorilles.

Il garde confiance... tout n'est pas perdu, son marathon reprend de plus belle. Il est rassuré Carole n'est pas entre les griffes de ces oiseaux de malheur.

Il ne sait pas encore de quelle manière... il lui faut agir, mais il est décidé à la sortir de ce cauchemar.

Son désir de la sauver lui donne des ailes, et l'amour pour sa belle amplifie son courage. Redoublant d'effort, doté d'une rapidité étonnante, il se trouve en très peu de temps à la hauteur du véhicule de Nadia.

Nadia est terrorisée, elle suit le déroulement de cette scène dont elle est aussi actrice malgré elle, sans avoir pris connaissance du scénario. Elle s'inquiète désormais pour sa personne. D'autant qu'elle connaît bien cette famille et la violence dont peut faire preuve le frère de Carole… Ce qui ne la rassure nullement sur la suite des évènements. Elle préfère rester loin d'eux et extérieure à leur vie. Voilà bien longtemps qu'elle fait tout pour les éviter.

Malheureusement, elle se trouve aux premières loges en cet instant pour suivre cette cavalcade. Elle assiste à la poursuite désespérée d'Ugo, derrière le trio.
Tous nos protagonistes remontent à contre-courant le flot des joyeux fêtards qui paradent. Cela donne l'impression d'assister à une course de saumons qui s'efforcent de remonter le courant se faufilant entre les obstacles.
Carole réussit à échapper pour un temps à la traque infligée par ses poursuivants.

Elle se tapit derrière un groupe d'adolescents excités par ces festivités, patientant en espérant retrouver Ugo.

Elle voit sa patience récompensée, Ugo ne tarde pas à apparaître.
Difficile de le manquer, c'est le seul qui dénote avec son costume bleu au milieu de cette marée rouge et blanche.
il se déplace aussi discrètement qu'il le peut pour ne pas être repéré par les hommes de Carlos.

Aussi habile qu'un félin, elle finit par le suivre discrètement, arrive juste derrière lui, le tire par le bras.

Ugo est pris de frayeur avant de s'apercevoir que c'est seulement sa princesse qui l'a retrouvé. Soulagé et heureux quand elle se réfugie immédiatement dans ses bras... il la serre contre lui.
Ils baignent tous deux dans une émotion profonde, à nulle autre pareille... Ils vibrent de tous leurs sens. Sans un mot, seuls les regards expriment leur passion commune.
Cet éclair de sentiment qui les traverse, en une vibration intense qui part du fond des yeux jusqu'à la plante des pieds, une osmose totale.

Cette sensation de ne faire qu'un, d'être transporté sur la planète du bien-être, d'être envahi par cette légèreté qui permet de s'envoler.

Malheureusement ce moment de saveur se trouve vite abrégé par les bousculades des aficionados.
Les ramenant sur terre, dans une réalité qui les oblige à courir et se sauver dans le sens opposé aux gorilles pour leur échapper.

Ugo tient fermement la main de Carole, bien décidé cette fois à ne pas la lâcher.
Il sent un objet qui sépare leurs doigts entrelacés mais n'en fait pas cas.
Carole a volontairement glissé ce petit objet dans la main d'Ugo. Leurs mains sont tellement soudées qu'il s'en empare machinalement...
Il ouvre le chemin et fend la foule. Il prend tellement à cœur son rôle de sauveur, qu'il met toute son énergie à la sortir de cette situation au détriment d'un léger manque d'attention, dont la conséquence est que ....

La main de Carole serre brutalement plus fortement celle d'Ugo, il sent même une force qui le tire en arrière.
Il entend les cris de Carole qui l'implore de partir.

Ugo fait volte-face, tente de retenir Carole prise entre les griffes d'un homme en noir.

Celui-ci, d'un geste ferme, le repousse et il s'étale sur le bitume.

Ugo tente de se relever alors qu'il est à moitié piétiné par les badauds.

À peine le temps de se relever, et apercevoir les hommes en noir emporter Carole.

Ceux-ci ne la ménagent pas, la secouent, la bousculent et finissent par l'entraîner dans une petite ruelle perpendiculaire à l'avenue, bien à l'abri des regards.

Ugo se précipite vers les gorilles, ceux-ci sont freinés par Carole qui résiste et se débat de toutes ses forces.

Ugo crie et somme les gorilles de la lâcher. Il se rapproche d'eux et ordonne à nouveau de la laisser tranquille.

Les hommes visiblement bien entrainés ont une stature impressionnante.

L'un des deux maîtrise Carole et se tient en retrait, l'autre se met en protection afin d'empêcher quiconque de pouvoir l'approcher.

Ils poursuivent leur chemin jusqu'à atteindre la limousine sans se soucier des menaces d'Ugo.

Carole supplie les colosses de la laisser. Elle est terrorisée à l'idée d'affronter son frère après ce qu'elle a fait... avoir osé dérober sa marchandise. Elle crie encore et encore, se débat de plus belle.

Ugo ne supporte plus de voir sa dulcinée être maltraitée de la sorte, il oublie qu'il n'est pas de taille à affronter ces hommes.
Courageusement il se jette sur le gaillard qui maintient Carole.

L'homme doté d'une force impressionnante le repousse d'une seule main. Ugo n'abandonne pas et repasse à l'attaque les poings tendus...
Avec dans sa main droite, l'objet que Carole lui a laissé avant qu'ils ne soient séparés.
Il s'avance et tente d'asséner une droite au colosse. Mauvaise stratégie car si jusque-là l'homme se contentait de le repousser, cette fois, il riposte en lui assénant un coup de poing dans l'estomac, pour finir avec un crochet en pleine face.
Le souci pour Ugo, c'est que l'individu fait une tête de plus que lui.
Ugo grimaçant s'écroule vaincu... au sol, complètement sonné.
Le trio l'abandonne et reprend sa marche en direction de la voiture. Carole est désespérée, elle laisse couler toutes les larmes de son corps,

souffre du fait qu'Ugo ait pris une correction en voulant la sauver.

- -

.... En même temps ......

Non loin de là, en un lieu indéfini, les membres d'une organisation secrète observent avec la plus grande attention l'attitude, le comportement, les réactions ainsi que les péripéties d'UGO.

Sont assises une dizaine de personnes vêtues de costumes assez particuliers autour d'une grande table ovale pendant que d'autres se tiennent debout face à ce qui semble être un écran géant.

Tout ce petit monde réuni en comité scrute un mur tapissé d'une multitude d'écrans plats. En effet parfois, ceux-ci diffusent une image commune sur l'ensemble du mur.

Mais la plupart du temps les écrans diffusent des extraits de films de personnages différents qui ne sont rien d'autres que les véritables acteurs de situations personnelles et rocambolesques se déroulant dans leur propre vie.

Ce soir de vendredi 13 où notre assemblée est plutôt axée sur un écran en particulier ...
Tous les membres de l'organisation ont l'impression de suivre une série télévisée, où l'attention de ces spectateurs privilégiés est captivée par le déroulement des tribulations d'UGO DEFRAIS, qui se trouve être l'acteur principal de ce feuilleton.
Toujours face aux écrans... dans ce lieu étrange ... au milieu de la pièce, se trouve un homme sans aucun doute le maître des lieux, qui de son fauteuil préside et donne des directives pendant qu'une petite fille en robe blanche se tient à ses côtés et observe également les images qui défilent.

L'homme se tourne vers la petite et questionne :
- Est-ce lui ?

La petite fille :
- C'est bien notre homme !...je pense avoir fait le bon choix !

L'homme:
- Sa situation devient délicate... devons-nous intervenir ?

La petite fille :
- Non !...C'est trop tôt... laissons-lui le temps de trouver ses marques.

- -

..........Revenons sur le périple d'UGO........

Qui après quelques instants dans le brouillard, reprend ses esprits. Il touche son visage, sent une coupure et du sang qui coule sur sa joue. Il se relève difficilement en se dépliant avec cette douleur au ventre qui lui coupe encore le souffle.

A peine sur pied, il repart en direction des gorilles, ramasse le bâton d'une banderole jetée sur le sol.
Il ne lâche rien, fait quelques pas... arrive au niveau de son agresseur et lui assène du peu de force qui lui reste un grand coup de bâton sur le crâne.

L'homme se retourne surpris, comme s'il avait à peine senti le coup… la vue d'Ugo le met hors de lui. Il lui décoche un direct au menton qui projette Ugo qui en perd son bâton contre les containers à ordures avant de toucher le sol, cette fois il ne lui reste plus d'issue.

Il se sent totalement démuni devant l'homme qui s'avance vers lui plus menaçant que jamais. L'homme sort de sa veste une arme, qu'il tient de sa main droite, pendant que la gauche enserre le cou d'Ugo.
Ugo hurle désespérément …ne peut plus bouger, à la merci de son agresseur.

L'angoisse le prend aux tripes, il ferme les yeux, supplie qu'on le lâche.
Il n'ose plus ouvrir les yeux mais aperçoit quand même la petite fille en blanc qui lui tend la main, comme pour l'attirer vers elle, comme si elle allait le tirer de ce mauvais pas.

L'image de la gamine s'efface quand il entend l'homme, fou de rage ironiser :
- Tu fais moins le malin maintenant.

Ugo supplie :
- lâchez-moi !... Arrêtez ! C'est bon j'a...

Ugo entrouvre les yeux et sa seule vision se porte sur le canon du pistolet… il ne voit plus que ça. Il espérait que la gamine en blanc allait encore lui apporter son aide…une solution mais la petite fille a une fois de plus disparu.

Il hurle encore de toutes ses forces avec ce mélange de peur, de pleurs, de colère, d'incompréhension:

- Lâchez - moi !!!... lâchez- moi !!!... pitié ! Laissez- moi !!!

Ugo est aux premières loges pour comprendre que l'homme ne plaisante pas et qu'il est dans de mauvais draps.

Sa concentration se porte sur le trou du canon, pendant que l'homme lui adresse sur un ton ironique :

- Tu veux jouer les héros ? Voilà ce que j'en fais !! moi !! des héros...

Il n'a pas le temps de finir sa phrase qu'Ugo pousse un grand cri.

Sa dernière vision est le doigt du voyou qui appuie sur la détente. Il pense que c'est la fin.

Il ferme les yeux, résigné mais pousse un cri de désespoir.

Il entend les hurlements de Carole en même temps que la détonation.

Il hurle toujours, hésite, le bruit du coup de feu résonne encore dans sa tête et finit par ouvrir les yeux, découvre qu'il est assis dans son lit... Trempé de sueur. Il écarquille les yeux, Ella se tient devant lui, le regarde en le réconfortant.

Il porte encore les stigmates de la terreur sur son visage. Elle lui tient le bras et veut lui éponger le front qui ruisselle. Ella allume la lampe de chevet pour sortir de la pénombre. Ugo reste figé sur ce lit, choqué il n'y comprend rien.

Ella est allée chercher une serviette de bain pour qu'Ugo se sèche un peu.
Il reste immobile, la regarde se déplacer dans la chambre, se persuade qu'il a fait un horrible cauchemar. Il reprend lentement ses esprits, les battements de son cœur ralentissent et reprennent un rythme normal.
Ella s'approche du visage tuméfié d'Ugo et nettoie le sang qui coule sur la joue.

ELLA :
- Oh ! Mon chéri...tu étais tellement agité tu as dû te cogner contre la table de chevet. ....mais tu saignes ?...Oula !! il y a même une coupure !

Ugo ne répond pas, il est toujours dans les couloirs de ce rêve. Ce terrible cauchemar...

Oui ! C'est bien ça, c'est évident… juste un cauchemar ! Il est bien là, dans son lit avec sa femme légitime.

Il devient fataliste et en déduit qu'Ella doit avoir raison dans ses explications.

Il a dû, dans son sommeil agité, percuter la table de chevet sans s'en rendre compte.

D'autant que son rêve était des plus mouvementés.

Ugo est toujours médusé sur son lit.

Ella s'occupe de lui et le rassure gentiment pour diminuer son stress.

Il reprend confiance en lui, alors que les craintes et péripéties du rêve s'estompent doucement. Il est encore crispé, il a encore les poings fermés.

Au moment où Ugo a finalement retrouvé la sérénité, il desserre sa main. La stupéfaction reprend aussitôt le dessus suivie de l'interrogation, du stress. L'angoisse et le doute l'envahissent à nouveau.

Dans sa main droite apparaît l'objet que Carole lui a transmis pendant la course poursuite.

La surprise le déstabilise, il le pose sur le lit, l'observe, le touche d'un doigt pour s'assurer qu'il ne rêve pas, qu'il est bien réel.

Il ne peut que constater qu'il est bien concret, palpable, il le reprend entre les doigts, le contemple, l'analyse.

C'est un médaillon, en forme de montre à gousset fabriqué au temps de la royauté. Il est un peu plus petit que les montres à gousset qui se refermaient avec leur couvercle.
La curiosité remplace l'interrogation. Il examine l'objet à nouveau dans tous les sens et cherche le système d'ouverture.
Après quelques essais trouve enfin le sésame qui permet au médaillon de s'ouvrir.

A l'intérieur, sur le fond métallique, est gravée une mystérieuse suite de chiffres...
Ugo reste un moment interminable fixé sur le médaillon, puis ferme les yeux pour se remémorer l'instant où Carole le lui a discrètement glissé dans la main.
Il le manipule, le tourne d'un côté, de l'autre, dans tous les sens possible.
Il observe et analyse minutieusement l'objet en essayant de décrypter le moindre sigle.
Tout en restant assis sur le lit, s'interroge sur cette situation plutôt cocasse qui lui échappe totalement.
Il est tellement absorbé qu'il ne voit même plus Ella.

Celle-ci est assise à ses côtés, spectatrice attentive de la scène se déroulant sous ses yeux, ne comprenant vraiment pas ce qui se passe.
Elle ignore ce qui le déboussole ainsi. Elle aimerait le presser de toutes les questions qui la taraudent, mais non …elle s'abstient surtout ne pas le brusquer.
Si bien qu'elle se résigne à le laisser tranquille le temps qu'il reprenne ses esprits.
Elle reste toujours inquiète à l'idée de le perturber et prend mille précautions afin qu'il ne se réfugie pas dans son mutisme.
Elle reste persuadée qu'UGO s'est blessé à la joue pendant son sommeil agité, en se cognant contre la table de chevet.
Dormant si profondément, il ne s'en n'est pas rendu compte voilà tout.

Elle se satisfait de cette interprétation qui lui semble évidente. Ugo fait mine d'adhérer à son explication, tout en étant profondément convaincu que c'est cette brute qui l'a bousculé contre les containers.
Submergé par un léger doute entre ces deux éventualités… il navigue entre l'angle saillant de la table de nuit, ce qui semble être du bon sens ou l'irréelle hypothèse de ce gorille qui l'a pour le moins molesté.

Soudain la voix d'Ella l'interpelle dans ses interrogations :
- Viens-tu déjeuner ou veux-tu rester encore un peu au lit ?

Ugo est trop intrigué par ce qui lui arrive et répond d'une voix hésitante:
– Heu… non j'arrive.

Tout en se levant, il ramasse le médaillon posé sur le drap et le glisse dans la poche de son pyjama.
Encore secoué par la nuit qu'il vient de passer …

la douleur lancinante au ventre qui ne le lâche pas, cette entaille à la joue qui le brûle, puis toutes ces courbatures sur le corps lui rappellent cette étrange mésaventure.
Il se dirige douloureusement vers la cuisine rejoindre Ella.

Celle-ci en l'apercevant, lui lance ironiquement :
- Tu as vraiment une petite mine!!

Heureusement que je me trouvais près de toi, sinon je pourrais croire que tu as fait la java toute la nuit.

UGO lui jette un regard en coin avec un mélange d'incompréhension accompagné d'un léger rictus et se contente de répondre :
- Pas vraiment une java, je me suis battu oui !... Mais toi...as-tu bien dormi ?

ELLA :
– Oui ! Jusqu'au moment où tu as crié en t'agitant dans tous les sens. ... Mais qu'est-ce qui a pu te mettre dans un tel état?

Ugo pris au dépourvu, ne sait trop que répondre, il simule l'amnésie en faisant mine de ne plus se souvenir, en évoquant une multitude de scènes incohérentes.

Il se trouve bien embarrassé, il faut reconnaître qu'il lui est difficile de raconter toutes les péripéties qu'il a vécues, sans omettre de parler de la femme de son rêve.
Il s'en sort brillamment en détournant la conversation.

UGO :   -
Ce cauchemar m'a donné faim et cette odeur de café ! Hummm...

ELLA :
– Oui, assieds-toi. Je vais te servir un café ... Veux-tu des tartines ?

UGO :
- On n'a pas de madeleines aux pépites de chocolat ?

ELLA :   -
Tiens, c'est une nouveauté ça… Tu as toujours pris des tartines beurrées à la confiture de framboise.

UGO :
- Tiens donc, pourtant ce que je préfère ce sont les madeleines.

Ugo ne se pose plus de questions et avale son petit déjeuner.
Ella assise, face à lui, attentionnée, le bichonne et lui prépare ses tartines.
Elle amadoue gentiment son homme afin d'essayer, tout en finesse, d'obtenir les réponses aux questions qu'elle se pose.
Elle revient sur la plaie qui suinte et lui demande :
- As-tu vu que tu saignes encore ? Cela ne te fait pas mal ?

UGO :
- Hum... Ça brûle un peu, mais c'est supportable.

ELLA :
- Dés que tu auras terminé, je nettoie et désinfecte tout ça.

Ugo hoche la tête, en guise d'acceptation, tout en continuant d'avaler ses tartines.
Ella ne lâche pas son interrogatoire, repasse à l'attaque :
- Mon chéri, d'où sort ce médaillon que tu tenais dans la main ?

Ugo surpris est à deux doigts d'avaler de travers la bouchée qu'il vient de s'engouffrer.
La tartine dans la bouche, il marque un temps d'arrêt tout en levant les yeux vers Ella.
La bouche pleine, il sort quelques mots inaudibles.
Prenant encore quelques secondes de réflexion avant d'avaler sa bouchée.

UGO :
- Je n'en sais rien, il devait être dans la poche de mon pyjama.

ELLA :   -
- Peut-être, mais d'où vient-il ?

UGO :
- J'ai sûrement dû le trouver à l'hôpital, je ne sais plus... je ne me souviens pas.

En cet instant, le prétexte de l'amnésie est le bienvenu. Ugo cherche à sortir de cet interrogatoire qui le met mal à l'aise .

Ella afin de ne pas l'embarrasser davantage, abandonne son questionnaire !! .
Elle devine qu'Ugo lui cache quelque chose et ne dit pas la vérité . Elle se lève de table pour chercher la trousse médicale dans un silence pesant.
En bonne infirmière de substitution soigne la plaie d'Ugo, puis s'en retourne ranger la cuisine.
Ugo, toujours assis à table, l'observe, puis se lève à son tour et se dirige sans un mot vers la salle de bains.
Sa femme lui emboîte le pas, se place devant la deuxième vasque, à sa place habituelle. Là ! Où sous le miroir la tablette déborde de produits de beauté.
ELLA :
- Oh ! Là ! Là !... Il faut absolument que je me bouge si je ne veux pas arriver en retard au boulot. J'ai assez manqué ces derniers temps et pour cause, mais là je n'ai plus d'excuses valables.

Ugo l'observe, l'écoute et ne dit toujours rien.

Puis il détourne le regard et porte son attention vers son visage tuméfié sur cette plaie qu'elle vient de soigner si tendrement.

Quand soudainement ses yeux bifurquent vers Ella.
Elle retire sa nuisette, la pose sur le porte-serviette, se retourne, ouvre le mitigeur, attend quelques secondes que l'eau soit à température avant de rentrer sous la douche.
Ugo a le regard bloqué sur les merveilleuses courbes de cette femme qui est la sienne.
Toujours de dos, elle se savonne avec énergie, agite le pommeau de droite à gauche, le repose sur son socle et coupe l'eau.

Puis la voilà qui se retourne, saisit la serviette, et tout en se séchant vigoureusement, adresse un grand sourire à Ugo.
Pour lui tout est magnifique, il répond à son sourire et détourne la tête, revenant face au miroir.

ELLA s'approche, câline, enroulée dans sa serviette, se colle au dos d'Ugo, passe ses bras autour de son torse et l'enserre très fort.
Elle a besoin d'affection et le lui fait sentir.

Ugo tient les mains de sa femme, penche un peu sa tête en arrière contre son épaule.
Il se laisse un peu bercer par cette douce sensation et se ressaisit en s'écartant presque aussitôt.

UGO :
- Tu vas te mettre en retard !

ELLA :
- Oui tu as raison !... il faut que j'y aille… je ne suis vraiment pas en avance.

Ella déçue aurait tant aimé qu'Ugo s'abandonne à cet instant d'émotion.
Mais peut-être est-ce mieux ainsi, se dit-elle avec regret en enfilant rapidement ses dessous.

Ugo ne perd pas pour autant une miette du spectacle, lorsqu'elle commence par enfiler ses bas … Une jambe , puis l'autre , se relève et remonte son string noir jusqu'à la taille se, retourne et s'admire une énième fois dans le miroir.
Puis vient le tour du soutien-gorge, qu'elle ramène sur le devant, pour l'agrafer et remet le tout en place.
Elle se contemple encore dans le miroir, un sein dans chaque main.

A la vue du petit sourire qu'elle arbore, Ugo devine qu'elle est satisfaite de l'ensemble de ses dessous, quelque peu coquins certes, mais qu'elle porte à merveille.
Il ne reste pas indifférent et se délecte de cette scène pleine de sensualité.

Elle passe à présent une robe noire moulante, met rapidement ses escarpins et son sac assorti avec goût, attrape une petite veste, et embrasse son mari avant de tourner les talons pour sortir de la maison.

Ugo se dirige vers la fenêtre pour voir Ella qui entre dans sa voiture, démarre, fait marche arrière en effectuant un demi-tour, tout en lui faisant un petit signe de la main.

Une fois le portail électrique ouvert, elle enclenche la première et disparaît.

Ugo suit des yeux les battants du portail qui se referment.
Désormais seul, il retourne dans la salle de bain pour finir sa toilette et s'habiller à son tour.
Devant le miroir son regard détaille cette coupure qu'il a sur la joue, et il se remémore la scène qui a provoqué cette blessure.

Obsédé par ces brutes qui ont enlevé Carole et rageant de ne pas l'avoir sauvée.

La seule preuve de cette aventure incroyable, reste ce médaillon qu'il a dans son pyjama.
Plongeant la main dans sa poche, il le sort, l'observe encore et encore, l'ouvre, et se demande à quoi peuvent correspondre ces chiffres.
Cela semble être un code, mais pour qui ?... pour quoi ?
Il s'interroge et émet quelques hypothèses.
Serait-ce une consigne à la gare ?... peut-être !!!
Un cadenas avec un code?... Un coffre dans une banque?... Une date?... Une énigme à résoudre ?

Il reste perplexe tout en réfléchissant, se rase évitant de passer sur la coupure de la joue.

Finissant de se préparer, il se donne comme objectif, de se rendre à la gare, afin d'essayer de résoudre le mystère du code dès ce matin.
Il hésite sur la couleur de la chemise et de la cravate qui s'accorde le mieux.
Le choix de ses vêtements lui semble compliqué tant sa garde-robe est fournie.
Finalement, son choix se porte sur ce costume bleu qu'il affectionne, le précèdent n'ayant pas résisté à l'accident.

Etant toujours en convalescence, il garde ce réflexe de se vêtir comme pour se rendre au bureau.

Après plusieurs hésitations, il se décide enfin et choisit de mettre cette cravate fantaisiste aux motifs bariolés.

Se regarde à nouveau et tout comme Ella, s'admire dans le miroir, de la tête au pied, puis se retourne satisfait et quitte le dressing.

En retournant dans la chambre, il regarde instinctivement par la fenêtre.

Et... Stupéfait !?!! Se demande si son imagination ne lui joue pas des tours. Il se frotte les yeux. Mais non !! Que voit-il dans la rue, derrière le portail?

Toujours dans sa petite robe blanche, lui adressant un sourire tout en le fixant.

Oui !...C'est bien elle !!!

La surprise est si forte qu'Ugo est scotché devant sa vitre. Il finit par lui faire signe.

Elle lui répond en levant et agitant la main.

Ugo fait volteface et sort en courant de la chambre, se rue vers la porte d'entrée.

Il s'approche du portail oubliant que celui-ci est verrouillé ! Il se précipite et rentre de nouveau dans la maison, chercher la télécommande ou les clés du portillon d'à côté.

Enfin les voici!! Il les attrape, trébuche et retourne de nouveau vers le portillon.

L'énervement et l'excitation le rendent maladroit, il a du mal à pousser le portail. Finalement celui-ci s'ouvre brusquement, mais à son grand désarroi, il n'y a plus personne.... Rien... juste une rue déserte.

Affolé, il scrute de droite à gauche la rue jusqu'à apercevoir au loin une silhouette blanche qui pourrait être, la sienne ...
Il a le réflexe de claquer le portillon derrière lui et se met à courir à toutes jambes sans réfléchir. Il veut impérativement la rattraper. Mais lorsqu'il atteint l'extrémité de la rue, la fillette a définitivement disparu. Il s'en veut d'avoir perdu autant de temps à sortir, enrage et hésite sur la direction à emprunter.

Le médaillon toujours dans a main, il fait le choix de se rendre à la gare, plein d'espoir afin de découvrir à quoi ces chiffres correspondent. Espérant que c'est là le code, qui lui permettra d'ouvrir un casier de la consigne.

C'est donc d'un pas décidé qu'il prend la direction de la gare à environ dix minutes à pied d'où il se trouve.

Chemin faisant, il recherche dans la foule, dans le moindre recoin, sur chaque trottoir, la trace de l'enfant en robe blanche.

S'accroche à l'idée de la retrouver, il reste convaincu que s'il réussit... cette fois, il ne la perdra plus.

Il sillonne les rues, une à une, tout en s'approchant de la gare.

Et marche dans le sens de la circulation quand son attention est attirée par une limousine noire, qui passe à sa hauteur.

Sans savoir pourquoi, son regard n'arrive pas à se détacher du véhicule et de son chauffeur caché derrière de grosses lunettes noires.

Tout en suivant la trajectoire de la voiture qui le dépasse lentement, Ugo est parcouru par un frisson et marque un temps d'arrêt.

La vitre arrière est à moitié baissée. Surpris, il a juste le temps d'apercevoir entre deux hommes la passagère qui lui lance un regard éperdu.

Il reconnaît la femme de son rêve. Oui ! C'est bien Carole! C'est certain !... Tout concorde.

Il reste comme hypnotisé, tétanisé par ce qu'il vient de voir.

Il suit des yeux la limousine qui s'éloigne jusqu'à ce qu'elle disparaisse à son tour, tout comme la fillette.

Les questions reprennent et s'emballent dans son cerveau qui s'embrouille sérieusement.
Ce mélange d'informations, entre la logique et l'irréel, lui donne le tournis.

Toujours statique sur ce bout de trottoir, des interrogations plein les yeux le font un peu vaciller.
Cette perte d'équilibre l'oblige à se retenir à un poteau de signalisation pour ne pas chuter.
Il est sous le choc de cette succession d'événements surprenants.
Il marque une pause, le temps de reprendre ses esprits, et toujours un peu fébrile prolonge de quelques minutes son arrêt.
Il ne remarque même pas le cross-over noir qui se présente à sa hauteur.
Celui-ci stationne juste devant lui, trois hommes en descendent.
Le conducteur reste au volant tandis que les trois portières s'ouvrent, il en descend des hommes en costumes noirs qui se rapprochent d'Ugo et le soutiennent.

Se sentant tituber, Ugo pense qu'on lui vient en aide. Ceux-ci l'attrapent, l'attirent vers la portière arrière qui est ouverte et le poussent à l'intérieur du véhicule.

Ils font de même en s'installant et s'asseyant à ses côtés, tout en claquant les portes du cross-over qui démarre aussi discrètement qu'il est apparu.

L'action est si rapide qu'Ugo n'a pas le temps de réagir ni de comprendre ce qui vient de se passer.

La colère et la peur lui montent aux tripes, il proteste :
- Mais que faites-vous!? Arrêtez! Vous faites erreur !! Vous... vous trompez de personne!!

LE GARDE DU CORPS :
- Restez calme Monsieur!! Ça va aller.

UGO :
- Mais qu'est ce qui va aller? Laissez-moi descendre !

LE GARDE DU CORPS :
- Cessez de vous agiter Monsieur ! Nous ne vous voulons aucun mal.

Ugo a du mal à rester calme et remue dans tous les sens.

Le garde du corps le maîtrise, le bâillonne pour ne plus l'entendre, et lui recouvre le visage d'une capuche qui l'empêche de voir où on le conduit.

Ugo se retrouve kidnappé. Il est terrorisé car il n'a plus de son ni d'image.

Brusquement le souvenir douloureux des gorilles de son rêve qui l'ont malmené et tiré dessus apparaît.

Il se souvient de Carole la femme de son rêve et de ses poursuivants.

Il pense :

- Ils l'ont donc retrouvée. !!

L'inquiétude s'accentue, il fait le rapprochement avec la violence de son rêve précédent redoutant l'issue.

Ugo est vraiment perdu d'autant que le véhicule tourne semble prendre des virages s'arrête, redémarre, freine puis accélère.

Son voyage lui semble bien long avant enfin l'arrêt définitif.

Ugo essaie de se repérer, écoute, analyse tous les bruits. Mais rien, aucun signe à l'horizon ne peut lui donner une piste.

L'un des gorilles l'aide à sortir du véhicule, le tient par le bras et le guide. Ils marchent sur ce qui semble être du gravier. Voilà le seul indice qu'Ugo vient de relever.

Après quelques pas, ils s'arrêtent. L'homme qui les précède semble appuyer sur un interphone.

Une voix féminine ordonne :
- Veuillez insérer votre badge dans le lecteur.

L'homme s'exécute et réplique :
- C'est fait !!

LA VOIX :
- Positionnez-vous maintenant devant le lecteur optique!

L'homme suit les directives puis d'après les bruits semble se présenter devant un appareil qui scanne l'empreinte oculaire.

LA VOIX :
- Bienvenu Chevalier!! Veuillez avancer dans le sas!! Tapez votre code sur le clavier!

Ugo entend les portes s'ouvrir, le groupe avance dans le SAS sans que personne ne dise mot. Tout le monde s'arrête à nouveau.

Seul le son du clavier rompt le silence pendant que le Chevalier tape son code.

Ugo est complètement perdu, il se demande encore ce qui lui arrive. Pourquoi ces hommes l'ont-ils enlevé? Pourquoi lui avoir caché le visage? Qui est ce Chevalier?

Tout ce qu'il entend, ces sons et ces voix autour de lui ne sont pas faits pour le rassurer.
Après avoir validé un code, une autre porte s'ouvre, accompagnée d'un bruit sourd, en résonnance, on devine qu'elle est très lourde. Tout le monde pénètre dans la nouvelle pièce. Ugo est encore guidé d'une salle à l'autre, puis finalement on l'assoit, toujours masqué.

Des gens parlent autour de lui, c'est un peu lointain, mais il entend des conversations sans qu'elles soient vraiment audibles.
Assis depuis un petit moment, n'osant plus parler, les mains attachées dans le dos, dans le noir, frustré, et totalement résigné. Il est, bien sûr, inquiet sur son sort.

Le temps lui paraît terriblement long, quand enfin quelqu'un entre dans la pièce.
Il entend plusieurs personnes autour de lui, et soudain un ordre émane d'une voix grave et directive.

LE MAITRE :

- Monsieur Ugo DEFRAIS !! Nous allons vous rendre votre liberté, du moins dans cette salle. Je vous demande de garder votre calme et tout ira bien. Dans le cas contraire, je vous remets vos liens. Puis- je vous faire confiance ?

Ugo toujours bâillonné acquiesce d'un mouvement de tête de haut en bas.
Un des hommes de main s'approche et lui ôte la cagoule.
Ugo toujours habité par la peur est toutefois soulagé de revoir la lumière.

Les cheveux en bataille, le regard totalement hagard, observant les lieux, et tout ce qui gravite autour de lui.

Il ne saisit toujours pas ce qu'il fait en ce lieu.

Sous le regard du Maître, l'homme lui retire le tissu qui lui serrait si fortement la bouche et surtout qui l'empêchait de s'exprimer.
Ugo, libéré de ce bandeau, actionne ses zygomatiques en tordant ses lèvres et ses joues comme s'il les remettait en place.
Il ne dit pas un mot, se contentant d'observer l'homme qui lui enlève les liens et libère ses mains.

Ugo tel un gymnaste refait circuler son sang en quelques mouvements de bras dans tous les sens toujours assis devant ses interlocuteurs.
Il gesticule encore un peu avant de s'immobiliser enfin.

LE MAITRE :
- Vous sentez vous mieux ?

UGO timidement:
– Oui !

LE MAITRE :
- Vous vous demandez ce que vous faites ici ?

UGO :
- En effet, mais je pense que vous faites erreur sur la personne!! Vous me prenez pour quelqu'un d'autre.

LE MAITRE :
- Vous êtes bien Monsieur Ugo DEFRAIS ? Né le vendredi 13 juillet 1970, marié à Madame Ella DEFRAIS ? C'est bien ça ou dois-je continuer ?

UGO :
- Oui c'est bien moi!! Je ne comprends pas ce que vous me voulez !! Si c'est une rançon, vous perdez votre temps, nous n'avons pas un centime.

Le Maître s'esclaffe ainsi que les deux hommes de main à ses côtés.
Ugo est encore plus surpris et s'enfonce encore plus dans l'incompréhension.

LE MAITRE :
– Non !! Rien de tout cela, rassurez-vous. Nous ne vous voulons aucun mal, bien au contraire.

La tension d'Ugo redescend d'un cran, il est rassuré et se sent un peu mieux.
Son visage livide reprend quelques couleurs.
Puis il pose la question qui le taraude.

UGO :   -
Mais alors, que me voulez-vous ?

LE MAITRE :
-Tout d'abord permettez-moi de me présenter.
Je suis le professeur DANTE.
Maître en ce lieu.
Nous sommes dans le temple de la confrérie des Chevaliers du monde des songes.

Un sourire se dessine sur le visage d'Ugo, certain d'être la victime d'un canular et sur un ton ironique rétorque plein d'assurance.

UGO :

- Et moi je suis Arnold Schwarzenegger, mais à l'envers.

LE MAITRE :

- Je ne plaisante pas Monsieur DEFRAIS, vous êtes ici parce que vous faites parti des élus. Très peu de personnes dans notre monde ont cette lumière, cette capacité à entrer dans le monde des rêves et grâce à cela, de voyager dans l'espace-temps.

Ugo fixe les yeux du professeur, cherche la faille et attend un signe pour qu'enfin on lui avoue que c'est une blague.
Le professeur reste impassible et ne semble en aucun cas plaisanter, bien au contraire.
Ugo cherche encore la part de vérité, mais de toute évidence le professeur ne plaisante pas du tout.

UGO :

- Vous êtes sérieux ?

LE MAITRE :

- On ne peut être plus sérieux, vous allez vite vous en rendre compte à la lecture de la charte à signer !!

Celle-ci vous engage à garder le silence et le secret sur notre organisation, en toutes circonstances , quoi qu'il arrive.
Cette charte vous liera pour toujours à notre confrérie. Vous ne pourrez plus jamais en sortir.
Ensuite je vous ferai découvrir dans un second temps les lieux et le fonctionnement de notre confrérie.

Le Maître lui tend le document, qu'il saisit, et qu'il parcourt d'un œil rapide.

Puis s'adressant au Maître il l'interroge :
- Dois-je le lire maintenant ?

LE MAITRE :
- Absolument Monsieur DEFRAIS.

UGO :
- Mais avant de signer quoi que ce soit, je souhaiterais le montrer à mon avocat.

LE MAITRE :
- Votre avocat c'est moi Monsieur DEFRAIS. !!
Je pense que vous m'avez mal compris. Votre avis m'importe peu. Je vous demande de lire et de signer.
Sur ce... Je vous laisse le choix entre... tout de suite... ou... Maintenant !

Ugo est contrarié par les propos de cet homme qui lui impose, voire ordonne de signer ce pacte.

LE MAITRE :
- Je vous laisse le temps de lire, de vous familiariser avec le texte et je reviens vous voir.

L'homme sort de la pièce, suivi par ce qui semble être des gardes.
L'atmosphère est pesante. Ugo se retrouve seul et constate que la salle est composée de cloisons entièrement vitrées.

 Il suffirait de la remplir d'eau et l'on pourrait la comparer à un aquarium.
Il se rapproche et se cogne contre la vitre invisible.
Au travers, il découvre des hommes et des femmes qui vont et viennent, certains autour d'ordinateurs, d'autres près d'un tableau !!
Assez curieux d'ailleurs comme tableau.
D'autres descendent les escaliers face à sa cage de verre et quelques-uns les montent, une vraie petite fourmilière.

Ugo se demande s'il ne devient pas fou, tout cela paraît si étrange.

Il a la feuille dans la main, porte un regard sur elle. Puis son attention est à nouveau attirée par l'effervescence qui règne de l'autre côté de la vitre.

Il retourne s'asseoir sur sa chaise et plonge dans la lecture.

«Charte rédigée par la confrérie des Chevaliers du monde des songes».

Ugo se demande encore s'il n'est pas aux mains d'un groupe d'illuminés. Il continue sa lecture et arrive au paragraphe....

« L'élu s'engage corps et âme à sa mission et ne dévoilera, sous aucun prétexte, ni l'identité, ni l'existence de la confrérie.
Il sera nommé Chevalier du monde des songes et s'engage également à mener à bien ses missions au péril de sa vie dans l'anonymat le plus total.
Il s'engage , à vie , à respecter et ne jamais divulguer les secrets de l'organisation»

Le contrat se termine par :
«Tout manquement à l'éthique, au respect des engagements énoncés aux paragraphes

précédents, entraînera une élimination pure et simple du Chevalier».

Ugo s'interroge encore et doute :
- Est-ce du lard ou du cochon ?

Il y a quelques heures à peine, il partageait dans leur maison un petit déjeuner avec sa femme, et voilà qu'à présent il se trouve dans une salle vitrée à lire et devoir signer un document qui lui paraît totalement absurde.

Effectivement la situation ainsi que la transition sont pour le moins cocasses.

Persuadé de plus en plus qu'il est l'objet d'une mascarade et qu'on se moque de lui, il continue à s'interroger sur qui peut bien lui faire une telle blague ?

Une série de questions l'assaille suivie immédiatement par des réponses.
Serait-ce mon patron ? Non pas possible il est tellement dans le résultat qu'il ne perdrait pas de temps à ce genre de boutade.
Albert ? Humm… pourquoi pas ? Il est assez vicieux et jaloux pour me mettre dans cette situation.

Martine ? Non, trop douce ce n'est pas son style et elle ne s'aventurerait pas à une telle mise en scène.
Ma femme, Ella ? Pourqu...

La porte s'ouvre brusquement. Ugo tellement absorbé par ses pensées n'a pas vu arriver le professeur.

Celui-ci s'avance confiant vers lui afin de récupérer le document et constate qu'il n'est toujours pas signé. Il lui jette un regard qui le glace.
Ugo sent la colère de DANTE et avant qu'il n'ouvre la bouche pour lui faire une remarque trouve la parade et lance d'une voix criarde...

UGO :
- Je n'ai pas de stylo !

Le Maitre d'un ton directif reprend Ugo :
- Je n'ai pas de stylo... Maître !!!
En insistant fortement sur la ponctuation du mot Maître.

D'un geste en se retournant vers l'homme qui l'accompagne, il ordonne que l'on remette le nécessaire à Monsieur DEFRAIS afin que l'acte soit signé.

Ugo ne bronche plus, interloqué par l'attitude autoritaire du Maître.
Prenant sans réserve le stylo qu'on lui donne et s'empresse de signer sans aucune discussion.

Il ne comprend toujours pas ce qui se trame, conscient qu'on est loin d'une partie de rigolade, tant ses geôliers transpirent la rigueur.
Tenant le stylo, qui est en fait un étrange porte-plume, Il pense :
- S'il n'y a que la signature de ce papelard pour me faire sortir, et bien soit. De toute façon je ne risque rien de plus.

On met à sa disposition un encrier datant de plusieurs centaines d'années rempli d'encre rouge, celui-là même qui se rapproche de la couleur du sang.
Il y trempe la plume, puis délicatement appose sa signature.   .
Seul le bruit de cette plume grattant le papier résonne dans la pièce.
L'homme appuie avec un buvard sur la feuille afin d'absorber le surplus, récupère le document puis le plie en trois.
A l'aide d'une bougie, il chauffe et fait couler de la cire sur la feuille.

Puis la scelle par l'intermédiaire d'un sceau qu'il appuie sur la cire liquide, laissant apparaître l'inscription. "Confrérie des Chevaliers du monde des songes"

Ugo, après avoir été acteur, devient désormais spectateur bien malgré lui de la scène qui se déroule sous ses yeux.
Acte qu'il trouve un peu trop protocolaire mais finalement assez beau dans le cérémonial.
Sans se douter une seconde de l'importance de ce qu'il vient de signer, ni où il a mis les pieds.

LE MAITRE :
- Je vous accorde un petit moment pour reprendre vos esprits puis nous reviendrons vous chercher.

Ugo n'a guère le choix, il ne dit mot, immobile sur sa chaise, regarde tout ce petit monde s'éclipser.
Il profite de cet instant pour observer cette incroyable animation qui gravite autour de lui, remarque également qu'il y a plusieurs cages de verre identiques à la sienne, pleines d'individus.
Son attention est attirée par la cage la plus éloignée occupée par une femme dont il croise le regard insistant.

Au travers des vitres il distingue furtivement la silhouette de cette femme qu'il a l'impression de connaître.
 Et même de reconnaître, oui c'est bien elle! !!
La femme de son rêve, ainsi que celle aperçue à l'arrière de la limousine avant son enlèvement.

Il en est intimement persuadé, c'est Carole !
Le trouble s'empare d'Ugo.

 L'envie de crier, de l'appeler le prend, pourtant il ne peut se permettre d'attirer l'attention sur lui, il se contente de lui adresser de grands signes.

La porte s'ouvre de nouveau !!!

Ugo se détourne de Carole, l'homme de main entre, lui demande de le suivre.
Dévoré de curiosité, tout en suivant son guide, il ne s'aperçoit pas qu'il prend la direction opposée à la pièce où il a aperçu la femme de ses rêves.
Après avoir franchi deux couloirs , l'homme frappe à une porte.
Il attend qu'on lui accorde l'accès pour entrer.
Suite à un échange de mots, la porte s'ouvre enfin.

L'homme précède Ugo et tous deux s'immobilisent.

Ils se retrouvent face au Maître.

Le Maître demande à l'homme de reprendre sa place. Ugo suit des yeux le déplacement de son guide, qui s'installe.

Il s'est assis visiblement sur un siège bien précis, sur le côté, auprès d'autres personnes formant deux colonnes perpendiculaires au trône du Maître.

LE MAITRE prend la parole :
- Monsieur DEFRAIS, Ugo, soyez le bienvenu parmi nous. Vous venez d'intégrer la confrérie des Chevaliers du monde des songes. Nous sommes une organisation qui va bien au-delà des frontières du réel.
Nous faisons des recherches sur l'activité cérébrale. Précisément sur le rêve.. en franchissant la limite du subconscient …
Nous développons et utilisons une proportion plus importante du cerveau, ce qui nous permet de maîtriser dorénavant une partie de ses mystères.

Nous sommes au cœur de cette complexité qui fait du cerveau un sujet de débat scientifique.
L'être humain utilise en moyenne dix pour cent de ses capacités cérébrales.
Notre organisation conforte l'idée de capacités cérébrales non exploitées.
L'hypothèse est que quatre-vingt-dix pour cent de nos neurones ne sont peut-être pas actifs.
Ces neurones inactifs seraient des traces de mémoire, dans l'attente d'un stimuli.
En général, pour nos élus, cela intervient suite à un accident. Chez les sujets choisis par la grâce, ces neurones sont libérés.
Ces élus sont comme des enfants à la naissance, et développent des capacités phénoménales d'apprentissage.

Les amateurs de science - fiction peuvent continuer de rêver. Nous baignons au cœur de la science - fiction et maîtrisons les rêves.

Vous, Ugo, avez été sélectionné par l'Ange Blanc pour vos aptitudes et les pouvoirs dont vous ne soupçonnez pas encore l'existence.
Vous aurez la faculté de voyager dans le monde des rêves, vous bénéficiez aussi de la capacité de vous déplacer dans l'espace-temps.

Au fil des jours, vous allez suivre une formation où nous allons vous apprendre à exploiter ces pouvoirs.

Après votre formation, vous serez amené à accomplir certaines missions. Vous en serez informé en temps voulu, initié et préparé.
Je vois dans vos yeux, que vous avez du mal à admettre ce qui vous arrive. Le doute et l'incompréhension dominent, ce qui est bien normal.
Une fois que vous aurez visité et fait le tour de nos installations, vous serez convaincu à jamais.
Votre formation sera assurée par le chevalier MYLAN ici présent, à ma droite.
Il sera votre guide jusqu'à ce que vous soyez en mesure de devenir Chevalier et d'accomplir seul vos missions.

Ugo reste sans voix, regarde encore les personnes qui siègent autour de lui.
Il se contente d'écouter, il a du mal à réaliser ce qui se déroule.
Il est tellement absorbé par les paroles du Maître que le doute s'est totalement évaporé.
Une poignée de secondes d'un silence magistral s'écoulent puis le Maître demande :
  - Monsieur Ugo, avez-vous des questions ?

UGO :
- Plus maintenant Maître, cela me paraît clair.

LE MAITRE :
- Vous sentez-vous prêt à visiter notre structure ?

UGO :
- Je ne peux nier ma curiosité, alors oui Maître !

LE MAITRE :   -
Chevalier Mylan, veuillez accompagner notre nouvelle recrue et faites en sorte qu'il se familiarise avec les lieux !

Le Chevalier Mylan rejoint Ugo. Ils sortent de la pièce après avoir salué le Maître de la confrérie.

Ugo suit maintenant son instructeur jusqu'à la première pièce pleine d'écrans.

Chevalier MYLAN ;
-   Ceci est notre centre d'information où tous les rêves sont retranscrits et analysés.

UGO :
-   C'est-à-dire ?

Chevalier MYLAN :

- Nous avons la possibilité de capter le rêve d'un élu, de l'enregistrer, de le suivre et de le guider. Les images de son rêve passent sur ces écrans.

Ugo est époustouflé par ce qu'il vient d'entendre mais plus rien ne le surprend.

La visite se poursuit.

Ils s'arrêtent à présent dans une autre pièce où trône, en plein milieu, un fauteuil pour le moins curieux. Cela ressemble plus à un modèle de chaise électrique qu'à autre chose.

Le Chevalier Mylan explique que, par le biais de cette machine, il y a la possibilité de provoquer un rêve et suivant la situation, un Chevalier peut intervenir.

Ugo est impressionné par toute cette technologie, il éprouve le besoin d'en savoir plus.

UGO :

- Comment peut-il intervenir simplement par l'intermédiaire d'une chaise ?

Chevalier MYLAN :

– Non Ugo, ce n'est pas seulement cette machine qui nous permet de voyager dans le temps ou le monde des rêves… Venez voir !!!

Tous deux se dirigent droit vers la salle où il y a le tableau qu'Ugo trouvait quelque peu étonnant.

En fait ce n'est pas du tout un tableau, c'est un encadrement de porte qui y ressemble, comme s'il y avait un épais nuage à l'intérieur qui obstrue complètement la vue, tel un voile.
Ce nuage semble en perpétuel mouvement, ce qui amplifie l'intrigue.
Le Chevalier Mylan fait une halte devant l'encadrement et explique à Ugo que cette porte est le passage pour rejoindre le monde des rêves, quel que soit l'endroit ou l'époque.

Par réflexe, Ugo tente de percer le mystère et essaie de regarder à l'intérieur. Il est retenu par le Chevalier qui lui déconseille de s'aventurer sans préparation, car il y a danger et que, de toute façon, c'est tellement opaque qu'il ne verrait rien.
Il rajoute que l'occasion d'emprunter le passage lui sera offerte bien plus vite qu'il ne l'imagine.

Ugo a déjà tout oublié… sa mésaventure pour arriver jusqu'ici … Carole …le temps qui passe… sa vie… sa femme…
Déjà conditionné pour suivre cette formation, il suit son instructeur, buvant la moindre de ses paroles.

Leur discussion est interrompue par la sirène d'une alarme qui retentit.
Le Chevalier Mylan lui ordonne de le suivre et de sortir de la pièce.
Toutes les personnes présentes en font autant.
Tout le monde est retranché dans le sas, la porte laisse à penser qu'elle est blindée, vu l'épaisseur du verre.
Elle se ferme lentement, sûrement à cause du poids et de la sécurité, jusqu'à ce que le verrouillage se mette en place.

Le tableau s'anime , change successivement de couleurs, avant de manifester une forme de colère comme si les nuages tournaient à l'orage.
Dans la salle le personnel présent est sur ses gardes.

Ugo fait comme tous les protagonistes, il regarde, débordant de curiosité, se demande ce qui peut bien se produire.

La réponse ne tarde pas. L'alarme s'intensifie, la colère du nuage dans le tableau s'amplifie.

Le temps s'étire et paraît interminable.
Le personnel est de plus en plus attentif.
La porte rejette un nuage de fumée, qui envahit toute la pièce d'un épais brouillard.
Un extracteur se met en marche, aspirant cette épaisse fumée pour laisser place au centre de la pièce, à un homme vêtu d'une armure de Chevalier.
Il est là présent, debout devant eux, juste séparé par la vitre, majestueux dans sa tenue de croisé.

Ugo, comme les autres, respecte ce mutisme et se contente de vivre l'instant.
Il regarde avec des yeux interrogateurs le Chevalier Mylan.
Celui-ci se contente de lui adresser simplement un petit sourire rassurant pour toute réponse, ce qui confirme la maîtrise parfaite de cette situation si énorme en cet instant plutôt irréel.

Ugo vient d'assister à l'apparition d'un Chevalier du monde des rêves, de retour d'une mission.
Cet accoutrement ne peut qu'aiguiser son imagination et le transporter au cœur de la vie même des templiers.

L'équipe technique s'est assurée qu'aucun intrus n'ait emprunté le passage à la suite du missionnaire et déverrouille l'accès de la salle. L'homme en sort, c'est le Chevalier DE RIGAUD. Il est salué et félicité par toutes les blouses blanches.

Visiblement, il a mené avec brio sa mission.
Les techniciens qui ne sont rien d'autre que des Chevaliers confirmés, viennent en aide à ce guerrier qui quitte la salle.
Sa démarche est plutôt lourde et bruyante, on le devine et accompagnée par le cliquetis de ferraille à chaque pas comme si on remuait un sac de pièces.
Rien d'étonnant à cela car le poids de ces armures oscille entre cinquante et quatre- vingt kilos.
Il reste debout, devant Ugo qui ne perd rien, pas une miette de ce spectacle inattendu.
L'homme est protégé par une cotte de mailles et un long manteau blanc orné d'une croix rouge.   .

Un casque métallique domine l'ensemble, juste une fente horizontale laisse apparaître ses yeux et une verticale sa bouche, du moins une partie de ses lèvres.

Il porte également une épée à la taille.
Nous savons que les templiers ne s'en séparaient jamais.
Pour terminer la tenue, les Templiers étaient chaussés de lourdes bottes qui ne comportaient aucun lacet.
L'ensemble des techniciens s'affairent autour de lui, l'aident à se débarrasser de cette armure plutôt encombrante.
Plusieurs minutes passent, c'est le minimum de temps qu'il faut pour libérer cet homme de son costume.
L'un des Chevaliers lui ôte son casque. Son visage laisse apparaître des signes de fatigue, stigmates de souffrances et d'efforts.

Une question lui est posée par un intervenant :
- Comment vous sentez-vous Chevalier ?

LE CHEVALIER :
- Mission éprouvante. Il était grand temps que je revienne, je l'ai échappé belle. Nous avons été attaqués par l'armée du roi. Ils sont tous devenus fous...

Le Chevalier MYLAN l'interrompt afin qu'il ne dévoile plus rien, lui ordonnant de narrer son récit au Maître.

Tenant Ugo par le bras dans la salle, il l'entraîne à l'extérieur.
C'est avec regret qu'Ugo emboîte le pas de son instructeur.

CHEVALIER MYLAN :
- Je pense que vous en avez vu suffisamment pour aujourd'hui.

UGO s'exclame :   -
- C'est époustouflant ! J'aurais tellement aimé en savoir plus sur cet homme venu de nulle part.

CHEVALIER MYLAN :   -
- Ne brûlons pas les étapes... cela viendra ... vous comprendrez totalement ce que l'on attend de vous lorsque vous serez initié, préparé et formé pour ces missions.

Ugo est déjà tout excité à l'idée de participer à ces missions et se sent prêt à entrer en action.

CHEVALIER MYLAN :   -
Pour l'heure, Monsieur Ugo vous allez rentrer chez vous. Nous allons vous conduire et vous déposer au même endroit, qui reste le point de notre rencontre. Ne perdez pas de vue ce lieu qui sera toujours le sésame pour venir à nous.

UGO :   -
- Comment puis-je vous contacter ?

 CHEVALIER MYLAN :
 - il vous suffit de manifester ce désir et aussitôt un véhicule viendra vous récupérer. Les heures miroirs peuvent aussi vous conduire jusqu'à nous. J'insiste particulièrement sur ce lieu de rendez-vous.

Un chauffeur se présente à l'entrée de l'organisation. Ugo est reconduit jusqu'à lui. Les lourdes portes de verre s'ouvrent à nouveau.
Ugo, prend congé de son instructeur et sort du bâtiment, monte dans la limousine, et le rituel pour son retour reste le même qu'à son arrivée. Les gorilles lui mettent un sac sur la tête.

Ugo se retrouve comme à l'aller, en mode nocturne, mais accepte la situation sans broncher.

Le temps qui s'écoule à être secoué, lui semble interminable, enfin le véhicule s'arrête.
Ugo reconnaît le carrefour où il s'était arrêté pour faire une pause. Son masque lui est retiré. Il descend de la limousine. A peine la portière refermée, celle-ci démarre et se fond dans la circulation.

Ugo reprend le chemin de son domicile.

Pensif, il marche et se dit qu'il n'a pas solutionné l'énigme du médaillon mais qu'au final, ce qu'il vient de vivre vaut bien tous les mystères du monde.
Subitement il fait le rapprochement avec le médaillon, et se rend compte qu'effectivement, celle qui le lui a remis, se trouvait dans le centre de formation. C'est une certitude... C'était bien elle !

Carole et la beauté qu'elle dégage reviennent à son esprit. Il en avait plein les yeux et son cœur s'emballe à nouveau, pas de doute cette femme crée un effet fou sur lui.
Alors qu'Ugo passe à proximité d'un banc fixé sous l'abri d'un arrêt de bus.

Il marche, toujours plongé dans ses pensées, quand soudain une voix mélodieuse aussi douce qu'une caresse, le surprend :
- Coucou Ugo, es-tu satisfait de la rencontre avec tes nouveaux amis ?

La petite fille, tel un ange toujours dans sa robe blanche, est assise sur le banc juste là, à deux mètres de lui.

UGO surpris répond :   -
Bonjour petite !.. Heu oui ! ...Mais comment sais-
tu cela ?

Ugo s'interroge sur les propos de la petite fille et
avant même la réponse de celle-ci, s'apprête à
poser une autre question, quand il est stoppé
dans son élan par la sonnerie de son mobile qui
affiche Ella... Il répond machinalement.
Juste le temps d'actionner la touche du
téléphone pour décrocher et répondre à Ella,
qu'il se rend compte que la petite fille s'est
encore évaporée ... disparue...
Il cherche d'un regard affolé autour de lui, fait
plusieurs demi-tours sur place et se rend
à l'évidence. Elle n'est plus là!

Son portable lui rappelle par le son de la voix
d'Ella qu'il est toujours en communication.

ELLA :
- Où es-tu? Est-ce que ça va? Bon sang mais que
fais-tu ?

Il n'a pas le temps de répondre à une seule
question, qu'il est mitraillé par une autre puis
encore une autre.

UGO :
- Oui ! Oui ! Ça va, ne t'inquiète pas, j'arrive!

ELLA :
- Tu fais quoi !!! Je t'ai laissé au moins dix messages, pourquoi ne réponds-tu pas? Je suis folle d'inquiétude, voilà deux heures que je suis rentrée.

D'un coup d'œil rapide, il vérifie son portable et voit le nombre de messages affichés.
UGO :
- J'arrive. Ne t'inquiète pas, ça va. A tout de suite !

Ugo raccroche, un peu furieux d'avoir été interrompu et détourné de la discussion avec la fillette.
Il a du mal à accepter et se rend à l'évidence, il vient de la perdre une nouvelle fois.
Il en veut malgré-lui à Ella, son appel l'a énervé plus qu'autre chose. Il tombait au mauvais moment...

Accélérant le pas, inconsciemment, il cherche tout en se dirigeant dans sa ruelle, la trace de la petite fille.

Arrivé enfin près de son portail, il l'ouvre et avance jusqu'à la porte d'entrée.
Alors qu'il allait insérer la clé dans la serrure, la porte s'ouvre.
Ella fébrile l'a aperçu de la fenêtre.

ELLA :
- Mais où étais tu mon chéri ? Je me suis fait un sang d'encre.

Ugo, en sueur, lui répond d'un ton un peu sec :
- Ben !! J'étais en ville et je suis allé à la poste.

ELLA :
- A la poste ? Mais pourquoi?

Ugo ne s'était pas préparé à un tel interrogatoire.

Sa femme n'est pas du style à abandonner et à avaler n'importe quelle explication.

Il va lui falloir trouver une excuse cohérente.

Ça se complique pour lui.

Impossible de lui raconter qu'il a été enlevé par des Chevaliers du monde des rêves.

D'une part, il a signé la charte du secret et d'autre part, elle risque de le prendre pour un fou. Il n'a aucune échappatoire..

En un éclair, il reprend l'excuse de la ballade en ville. Et lui raconte son errance dans les rues à visiter la ville à la recherche de gadgets et des bibelots qu'il aimerait offrir à ses collègues de bureau.

Puis, il est passé par la poste pour savoir combien coûterait l'envoi des colis ainsi que le délai pour arriver à destination..

"Ouf", se dit Ugo dans un soupir de soulagement. Il se félicite de s'en sortir aussi bien sans avoir eu à réfléchir... difficile de faire mieux.

Ella convaincue et ravie de cette belle intention, réplique:

- Oh! Mon chéri, comme c'est gentil !
Comprends que je me sois inquiétée, sans nouvelle de toi j'ai pensé au pire.

L'ambiance est à l'apaisement, elle reprend avec douceur :

-    Un bon bain te ferait du bien, tu as l'air si fatigué mon chéri, veux-tu que je m'en occupe ?

UGO :

- Volontiers c'est une excellente idée, c'est vrai que je suis un peu sur les rotules. Me relaxer me fera du bien !

ELLA :

- Bien! Mais ne tarde pas trop, je t'ai préparé une surprise ce soir, j'ai invité tes collègues de bureau à un petit apéro dînatoire.

Ugo évalue rapidement le temps qu'il lui reste avant que tout ce beau monde arrive. Cela lui laisse largement le temps de se ressourcer et de profiter de sa grande baignoire balnéo.
Ella se rend dans la salle de bains.
Pendant ce temps, lui, se débarrasse de sa veste qu'il range soigneusement dans le placard de la chambre.
Il entend au loin l'eau qui s'écoule, enlève ses chaussures l'une après l'autre, ôte maintenant son pantalon qu'il plie minutieusement en l'accrochant sur le cintre.
Il se débarrasse également de la cravate qu'il vient de défaire et la pose avec les autres sur le socle à cravate.
Fait de même pour les chaussettes et enfin la chemise qu'il jette directement dans la panière à linge sale.

Il saisit dans le placard une grande serviette et se dirige vers la salle de bains.

L'eau coule toujours...

Arrivant dans l'encadrement de la porte, surpris par une délicieuse vision, il stoppe net...
Le bruit de l'eau masque son arrivée.
Ella ne l'a pas entendu venir ... La balnéo est presque remplie.
Elle ne peut résister à la tentation de prendre le bain avec son homme. Déjà déshabillée, de dos, prête à se glisser telle une sirène.
Elle entre délicatement, l'eau est un peu trop chaude à son goût, mais Ugo l'apprécie ainsi, c'est sa température idéale.
Tout en s'installant, elle est surprise par sa présence sur le pas de la porte.

Elle lui fait signe de la main d'approcher.
Ugo est charmé par cette atmosphère envoûtante et s'approche à son tour du bain, il faut dire que question ambiance tout y est...
Des bougies disposées autour des vasques, tamisent la luminosité de la pièce.
Cette atmosphère feutrée est habillée de couleurs qui se fondent dans l'eau et la rendent tantôt bleue, tantôt verte puis rouge et cela se répète sans cesse.

Rien de tel pour une relaxation optimale, le bien-être est au rendez-vous, entre chromothérapie, bulles bouillonnantes, et bougies.
Ella telle une déesse se tient devant lui. Difficile de résister à tant de beauté.
Se laissant porter par cette sensation de bonheur, il entre à son tour dans l'eau.
Il s'installe face à sa femme... Il en oublie de retirer son boxer.

Ella éclate de rire avant qu'Ugo ne remarque son étourderie. Maladroitement, dans un fou rire contagieux, il le retire.
Ils sont désormais à égalité, dénudés et complices, se contemplent, tous deux.
Comme toujours , elle prend les devants en se serrant contre lui. Elle l'embrasse tendrement.
Il se laisse bercer par cette tendresse qui l'enveloppe.
Ella se retrouve à présent sur lui.

Ils se laissent l'un et l'autre glisser dans l'eau chaude à remous de flot de bulles.
Pour lui, Ella est aussi bouillonnante que les bulles de la balnéo.
Ugo se laisse emporter par ce désir qui les submerge.

Ella le chevauche, il en profite pour laisser courir ses mains le long du dos, de bas en haut et de haut en bas. Prise dans ce tourbillon de plaisir, elle s'abandonne et se laisse emporter par les caresses d'Ugo.

Soudain le carillon de la porte d'entrée retentit.
Elle est dépitée d'être ainsi dérangée en cet instant magique car le charme est rompu.
Ugo, lui-même, déçu, implore Ella de ne pas bouger, surtout de ne pas aller ouvrir.
Mais elle n'a guère le choix, obligée d'aller voir car elle attend le traiteur qui doit livrer les amuse-gueules ou peut-être est-ce déjà là les invités ?

Elle se lève, son corps trempé prend les différentes couleurs du spot.
L'eau glisse le long de ses courbes jusqu'au passage de la serviette.
Le carillon retentit à nouveau dans la maison.

Ella s'active un peu plus, attrapant son peignoir et l'enfile tout en pressant le pas et lance :
- J'arrive ! J'arrive !

Elle entrouvre la porte ne laissant passer que la tête. Puis reste interdite !

Le commercial du câble :
– Bonjour ! Je passais dans le secteur et je me suis permis de vous rendre une petite visite.

ELLA dans un bégaiement chuchote :
- bon...Bonjour.... Heu.....C'est pas le
moment...j'ai du monde !

En fait, elle est contente de le revoir mais ne laisse rien paraître, ce n'est malheureusement pas le bon moment.
Elle cherche rapidement une excuse pour se débarrasser de lui avant qu'Ugo ne le voit sans pour autant être trop expéditive.
Elle se souvient très bien que l'origine de l'accident d'Ugo est liée à sa visite.

Elle fait les gros yeux en le fixant et ajoute avec diplomatie :
- Ecoutez, Monsieur, ce sera peut-être pour une autre fois mais pour l'instant nous n'avons toujours pas pris de décision. J'ai votre carte, nous vous contacterons ultérieurement.

La réponse ne se fait pas attendre.
LE REPRESENTANT:
- Très bien Madame, je comprends, j'attendrai votre appel. Je vous souhaite une bonne soirée et au plaisir.

Puis il tourne les talons et s'en va, en faisant un petit salut de la main.

Ella referme la porte, et soupire soulagée, puis se dirige sans se presser vers la salle de bains Lorsqu'elle arrive sur le pas de la porte, elle se rend compte qu'Ugo n'est plus dans la baignoire. Aussitôt Elle le cherche, se retourne et l'appelle.

Sans réponse, elle file directement dans la chambre où il se trouve regardant par la fenêtre.

Son regard suit la silhouette de l'homme qui s'éloigne.

D'une voix mal assurée, elle essaie de le sortir de ses pensées :

- UGO... tu m'entends ?

Il se retourne, la regarde mais ne dit mot. Elle s'avance vers lui, la gorge serrée, et lui demande innocemment :

- Pourquoi es-tu sorti de l'eau, on y était si bien ?

UGO d'un ton ironique et plein de regret:

- Oui bien sûr... tu as raison, on était si bien ! Mais vois-tu.. D'un coup l'eau s'est refroidie.

Ella baisse les yeux, mal à l'aise, vexée, sort de la chambre, retourne dans la salle d'eau.
Ugo dans un geste mécanique s'habille, il est terriblement contrarié.

La vue de cet homme lui rajoute un sentiment de mal être sans trop savoir pourquoi. Cet inconnu lui semble familier.
Il est mécontent de ce moment gâché et en veut surtout à Ella d'avoir rompu le charme par sa précipitation.

Le séchoir à cheveux joue sa musique, Ella se prépare pour la soirée, prend le temps de se maquiller.
Quand elle entre dans la chambre, Ugo est assis sur le lit.

Elle laisse glisser son peignoir sur le sol, elle est en tenue d'Eve.
Elle cherche ses dessous dans le tiroir de la commode toujours sans croiser le regard d'Ugo.
Elle est toujours mal à l'aise et veut éviter le sujet sur le représentant, sans se douter qu'Ugo ne se souvient plus réellement de lui.

Ugo, malgré tout, l'œil coquin, ne perd pas une miette de ce petit numéro.

Elle s'habille en toute hâte, consciente qu'il ne reste plus beaucoup de temps avant l'arrivée des invités.
La fermeture dans le dos de sa robe demande qu'elle soit aidée.

Elle s'assoit timidement sur le lit à la hauteur d'Ugo espérant qu'il comprenne.
C'est avec plaisir et sans un mot qu'il lui offre son aide tout en remontant délicatement cette fermeture.
Elle apprécie et le remercie, tout en détournant son regard puis disparaît dans la cuisine pour commencer les préparatifs de la soirée.
Ugo reste seul quelques secondes sur ce lit puis décide de se lever pour la rejoindre et l'aider aux préparatifs.
En la frôlant, il se colle à elle et lui dépose un baiser dans le cou.
Agréablement surprise, elle répond à son étreinte en se retournant pour l'embrasser.
Ce bol de tendresse est le bienvenu pour évacuer le stress qui l'avait envahi.
Enfin la voilà rassurée, c'est certain Ugo ne lui en veut plus.
Suite à ce fougueux baiser, chacun reprend les préparatifs.

Ugo s'occupe des boissons.

La sonnette retentit une nouvelle fois. Ugo plus proche de l'entrée se précipite pour ouvrir.

LE TRAITEUR :
- Bonjour Monsieur, je viens livrer votre commande.

UGO :
– Avez- vous besoin d'aide ?

LE TRAITEUR :
- C'est gentil à vous Monsieur, merci ! Ça ira, où dois-je les déposer ?

UGO :
- Entrez. C'est tout droit jusqu'à la cuisine.

Le traiteur dépose une première partie des boites d'emballage en carton, pose le tout sur le plan de travail et retourne chercher la seconde série. Au terme de son deuxième voyage, il fait l'inventaire du contenu des boîtes avec Ella.
Ugo prend un petit billet en guise de pourboire et le glisse dans la main du livreur à son départ.

Les boîtes dégagent un parfum appétissant.
Ugo ne peut s'empêcher de les ouvrir. Peut-être est-ce la gourmandise ou la curiosité, mais il les ouvre toutes.

Ella le remarque picorer d'une boite à l'autre et en profite pour lui demander :
- Peux-tu les transvaser dans de grands plats ? Ce sera nettement plus présentable.

UGO :
- Oui bien sûr, mais où sont les plats ?

ELLA :
- Dans le placard mon chéri, près du lave-vaisselle, et prends aussi ceux en porcelaine qui ont une armoirie au centre.

UGO :
- Ils sont vraiment beaux ces plats … d'où viennent-ils ?

ELLA :
- Ce sont les assiettes de mes ancêtres, elles ont traversé le temps...elles appartenaient, il y a plus de deux cents ans, à l'un de mes ancêtres qui était châtelain. Il avait fait réaliser son blason et ses armoiries sur toute la vaisselle du château.
 Ce sont là les vestiges d'une grandeur disparue et tu en as un exemplaire dans la main.

UGO: -
Tu es sérieuse ?

ELLA :
- Bien sûr, malheureusement il ne me reste que les assiettes …Pas le château !!

Ils partent tous deux d'un grand éclat de rire.

UGO :
- Cela doit valoir une fortune, dit-il en plaisantant . On va plutôt mettre des assiettes en plastique. Ça me fait mal de manger sur l'armoirie de grand papy !

Et la séquence plaisanterie se prolonge.
Tant mieux pense Ella, au moins l'ambiance est à la sérénité et à l'humour.

Elle a l'impression de retrouver le mari qui vivait avec elle, avant l'accident.

UGO ironise :   -
Mais tu as commandé à manger pour un régiment ? Combien sommes-nous ce soir ?

ELLA répond après quelques secondes de réflexion :
- Si tout le monde vient, nous serons entre dix et douze.

UGO :

Autant !... Mais qui vient exactement ?

ELLA :
- Tes amis du bureau essentiellement.

UGO :
- Éric Blain ?

ELLA :
- Oui, avec sa femme et son fils

UGO :
- Oui c'est un ami de longue date et sa femme est sympa aussi. Et ensuite? Pas Albert j'espère ?

ELLA :
- Heu ! Si... avec sa femme.

UGO :
- Tu ne m'as pas fait ça ! Souhaitons au moins que sa femme soit plus agréable que lui...Nous sommes à cinq, qui sont les autres ? Pourvu que....non pas le Boss ?

ELLA en souriant:
- Non, non, J'ai seulement invité ta collaboratrice et secrétaire, Martine avec son mari et sa fille.

Quand aux deux derniers ce sont Marie, l'infirmière, et son chéri.

Ils sont tous venus te voir à l'hôpital et ont pris de tes nouvelles régulièrement. J'estime que c'est là, la moindre des choses que de les remercier par cette petite collation.

UGO :
- Effectivement, tu as entièrement raison. Je ne savais pas que Martine était mariée et qu'elle avait un enfant. Finalement tu as eu une bonne idée, ça me fait plaisir de les revoir.

Tout en discutant, ils finissent les préparatifs.
Font et refont l'inventaire afin de s'assurer que rien ne manque.
Les heures s'écoulent et le carillon de la sonnette retentit une fois de plus. C'est ensemble sur le pas de la porte qu'ils accueillent leurs hôtes.
Les premiers à faire leur apparition sont Éric, Margot et leur fils, ce petit diable de Kevin.
La joie se lit sur leur visage, ils sont heureux de revoir Ugo debout sur ses jambes.
Le dernier souvenir qu'ils avaient de lui, était celui d'un Ugo alité, inconscient bardé de sondes et de tuyaux.
Les regards embués trahissent une véritable émotion puis tous se suivent dans la maison.

MARGOT :
- Tiens, Ella, je t'ai préparé un de mes meilleurs desserts, vous m'en direz des nouvelles !! Mets-le vite au frigo, il a besoin de rester au frais.

ELLA :
- Merci ! C'est gentil. Je le mets de suite. En attendant, Ugo va vous débarrasser de vos vestes.

UGO :
- Oui, Confiez-moi tout ça. Je vais les ranger dans le dressing.

Ugo les débarrasse des blousons et vestes en rajoutant :
- Venez, entrez, installez-vous et surtout ne vous gênez pas.

ELLA :
- Oui, installez-vous sur le canapé là ! Vous serez bien.

Ella entame une discussion avec Margot.

Ugo, lui, débat sur l'équipe de foot avec Eric.

Le petit est assis au milieu et fait l'arbitre entre les deux discussions qui ne le concernent pas.

Les minutes passent, les discussions sont ravivées par des souvenirs qu'Ugo a du mal à rassembler.

Le carillon se fait entendre à nouveau. Ella en bonne maîtresse de maison, accueille les nouveaux arrivants.

Ugo est toujours en grande conversation avec Eric. Puis il se lève quand apparaît, dans le couloir, Martine et sa petite famille.

Ça lui fait chaud au cœur de voir ce petit bout de femme chez lui, il aime bien Martine, et c'est réciproque.

Martine présente son mari, Marc, ainsi que sa petite fille Angélique.

Ugo ne sait pas ce qui lui arrive mais il est soudainement pris d'un léger malaise, juste après avoir fait la bise à la petite.

Il ne dit rien, se ressaisit et met cela sur le compte de l'émotion.

Les présentations terminées, Ugo se charge de débarrasser les arrivants de leurs vestiaires.

Marie et son compagnon Tony arrivent pratiquement en même temps.

Cela fait des bises en plus et des vêtements supplémentaires à ranger.

Tout le monde s'installe dans le salon sur le canapé ainsi que sur les chaises disposées autour de la table basse... Sur le côté le chariot décoratif est transformé en desserte, c'est là où Ella a déposé un grand nombre de toasts et de petits fours.

UGO :
- Il ne manque plus qu'Albert et son épouse, mais je propose qu'en attendant nous commencions par une petite collation ...   Qui veut du.....

Ugo n'a pas le temps de finir sa phrase que la sonnette retentit. Il se retourne et s'empresse d'accueillir ses derniers invités.
Albert apparaît et salue Ugo, sa compagne se tient derrière lui, cachée par un énorme bouquet de fleurs.

ALBERT :
- Désolé pour le retard Ugo, ça me fait plaisir de te voir, j'ai l'impression que cela fait une éternité. Je vois que tu as bonne mine et cela fait plaisir. Je te présente ma moitié.

Albert s'écarte pour laisser place à sa conjointe qui abaisse le bouquet pour le saluer.

Ugo reste interdit, sa respiration se bloque. Il s'avance vers la femme et lui tend la main. Elle est dans le même état que lui. Elle avance péniblement vers Ugo, ignore sa main tendue et lui fait la bise. Ils sont tous deux comme hypnotisés.

Le temps s'arrête. Le malaise est palpable, puis la voix d'Albert les sort de cette situation gênante ou tout du moins surprenante.

ALBERT :
- Je te présente ma petite femme Carole !

Ugo et Carole font comme si de rien n'était, mis à part que, dans leurs yeux, il y a ces pépites de poussières d'étoiles qui brillent.

Ugo laisse le passage pour qu'ils puissent entrer, les débarrasse de leur veste et de leur manteau puis les conduit dans le salon auprès des autres invités.

Les présentations se succèdent, le champagne coule. Chacun raconte une histoire ou anecdote, qui concerne Ugo.

Il en fait une indigestion de tous ces récits narrés par les uns et les autres, se souvient de quelques bribes mais en a oublié une grande partie.

Marc, le mari de Martine, en vrai comique, raconte un grand nombre de blagues, toutes plus amusantes les unes que les autres.
Les convives ravis et pliés de rire, en redemandent.

Celui-ci enchanté et flatté, ne se fait pas prier et anime la soirée de plus belle.
Les toasts sont victimes de leur succès et les plats se vident rapidement.
Le champagne coule à flot tout comme le vin.
Tout le monde passe une bonne soirée, participe et semble à l'aise.

Les discussions, les échanges se font entre femmes, Ella, Marie, Martine, Margot.

Les hommes Albert, Eric, Marc et Tony, sont aussi en grande conversation.

Il reste Carole et Ugo qui s'observent et les enfants qui s'ennuient.

A chaque tentative de conversation, à chaque mouvement de tête, de l'un des invités qu'il soit à leur droite ou à leur gauche, les yeux de Carole et d'Ugo se croisent et amplifient leur fascination.

Ce qui est étrange c'est qu'ils ne se connaissent pas vraiment, enfin c'est ce qu'ils croient, avant de...........

Avant de quoi finalement ? Avant de partager cette incroyable aventure dans le monde des rêves… et de faire partie de cette confrérie secrète.

Ugo regrette de ne pouvoir échanger librement avec Carole autrement que par leurs regards qui en disent long sur les sentiments qui les submergent.

Soudain l'esprit d'Ugo lui échappe, il plonge au plus profond de ses pensées. Son regard est suspendu et fixé sur elle. Voilà qu'il se découvre une âme de poète qu'il aimerait lui révéler.... lui dire que depuis leur première rencontre, vêtue de sa robe rouge, elle est devenue l'objet principal de ses pensées.....

Qu'il a constamment son image devant les yeux... qu'il essaie de la tenir dans ses bras mais qu'à chaque fois elle disparaît tel un hologramme... qu'elle,...

Ella le sort de ses pensées en s'écriant sur un ton ironique :   -

Ugo ! Ugo ! Hé bien mon chéri, tu n'es plus avec nous. Voudrais-tu aller chercher les autres bouteilles, nos amis ont soif...

Ugo revient à lui brusquement et reprend son rôle de serveur, tout en se levant, demande :
- Qui veut encore du rosé ? Ou du rouge ?

Les doigts se lèvent au milieu des éclats de rires, tous sont volontaires.
Ugo fait son plus beau sourire et part à la quête des calices.

Lorsqu'il revient dans le salon chargé de bouteilles, les enfants Kevin et Angélique, sont en grande négociation avec Ella afin d'obtenir l'autorisation de jouer dans le jardin.
La tractation est réussie puisqu'ils sortent en lançant ensemble des cris de joie.

Il était temps, ceux-ci gagnés par l'impatience ne tenaient plus en place au milieu de tous ces adultes.

Désormais, ils sont heureux d'avoir obtenu un peu de liberté.

Ils sont à peu près tous du même âge et du haut de leurs dix ans, ils partagent déjà une belle complicité.

Ugo observe la scène. Le temps de déposer les bouteilles sur la petite table, il est pris d'un malaise et a juste le temps de se rattraper à une chaise en articulant péniblement :
- je me sens mal... je me sens mal..

Sa phrase à peine terminée, il perd connaissance et s'écroule.
Tout le monde se précipite et essaie de le retenir dans sa chute.

Heureusement qu'il y a Marc et Tony à proximité pour le soutenir, sans leur intervention, il se serait blessé sérieusement.
Quelle chance que Marie, l'infirmière, soit présente, tout le monde est rassuré.
Celle-ci intervient immédiatement et lui prodigue les premiers soins.
Tony et Marc, aidés par Martine et Ella, soulèvent avec précaution Ugo afin de l'installer sur le canapé.
Ugo, se voit allongé sur le canapé, constate également qu'il monopolise l'attention de tout ce petit monde. Il vient de se dédoubler, c'est la seconde fois que le phénomène se produit.

Il entend tous les commentaires et remarque que si tous, sont autour de lui, Carole a encore disparu.

Les enfants entrent dans la pièce et se rapprochent timidement du canapé, impressionnés par la situation.

Ugo est invisible aux yeux de ses convives, pourtant il est là, debout , à leur côté.

Les enfants s'avancent doucement.
Il voit Kevin s'approcher, surpris par ce qui se passe et Angélique qui se métamorphose en une fraction de seconde, dont la robe à fleurs prend une couleur blanche.

Elle regarde Ugo, vient vers lui, lui prend la main et dit d'une voix douce :
- Ugo, le Maître t'attend, va vite au point de rendez-vous, tu dois te rendre à la confrérie...

UGO :
- Mais Angélique, qui es-tu exactement ?

ANGELIQUE :
- Je t'ai choisi pour entrer dans le monde des rêves, mais va vite, le Maître t'attend...

UGO :   -
- Entendu, j'y vais mais qui...

Ugo n'a pas fini sa phrase que la petite a repris l'apparence de l'autre Angélique, la fille de Martine.
Ugo, conscient de l'importance du message, se presse pour rejoindre le point de rendez-vous où l'attend une limousine.
Par obligation il abandonne tous les invités qui continuent à prendre soin de lui.

Dès son arrivée au rendez-vous, un véhicule le récupère et file à vive allure en direction du centre.

Le chauffeur paraît nettement plus pressé, on le remarque à sa conduite brusque et surtout rapide.
Ugo se rend compte que les gorilles sont absents et qu'on ne lui impose pas cette maudite capuche.
Les changements de direction de la voiture le bousculent toujours autant mais il n'a plus d'angoisse désormais, sa vision est libre, il est confiant et sait où il va.
Enfin, ils arrivent devant le bâtiment. Le trajet lui a paru beaucoup plus court en mode visuel.

Le véhicule s'immobilise et le chauffeur signale l'arrivée à destination en demandant à Ugo de se présenter devant la porte d'entrée.
Ugo s'exécute ... Il sonne au vidéophone..
Une voix féminine l'accueille et le guide.

LA VOIX :
- Bonsoir Monsieur DEFRAIS, bienvenue à la confrérie, je vais vous demander de composer votre code et de vous avancer jusqu'au sas.

UGO :
- Mais Madame, quel code ? Je n'ai pas de code.

LA VOIX :   -
- Monsieur DEFRAIS, il vous a été délivré un code que vous devez sûrement avoir sur vous.

Ugo réfléchit: -
Où se trouve ce code ?

Instinctivement, il plonge la main dans sa poche et en retire le médaillon.
Mais c'est bien sûr !! Certainement le code du médaillon... pense Ugo.
Il l'ouvre et compose les chiffres... La porte du sas s'ouvre… Il s'avance encore et s'arrête devant le lecteur oculaire.

LA VOIX :   -
Veuillez à présent présenter votre œil devant
l'appareil.

Ugo se demande comment l'appareil peut
fonctionner, il ne se souvient pas avoir effectué
d'empreintes. Puisque les portes s'ouvrent, il ne
s'embarrasse plus de ces questions et pénètre
dans le centre.
Le Maître et le Chevalier Mylan sont là pour
l'accueillir.
Leurs visages graves et fermés invitent Ugo à
s'interroger sur l'importance de la situation.

LE MAITRE :
- Ugo, la situation est grave ...et peut devenir
dramatique si nous n'intervenons pas
immédiatement.

UGO :
- Bien Maître, mais que se passe-t-il ?

LE MAITRE :
- Le Chevalier Mylan va vous informer et se
charger de votre initiation, afin d'effectuer
votre première mission. Ne perdons pas une
minute...

Ugo fait ce qu'on lui demande et suit le Chevalier Mylan dans la salle principale où trône une multitude d'écrans géants.

Le Chevalier Mylan lui explique que l'une des membres de la confrérie est tenue prisonnière d'un rêve. Cela implique un départ immédiat avec le Chevalier De Rigaud afin de lui porter secours, il faut la délivrer .....Et la ramener.

Ugo ne comprend pas vraiment quel est son rôle mais le coté chevaleresque d'être dans la peau du sauveur le séduit plus que tout. Toute son attention est tournée vers son instructeur.

Tous trois prennent place autour de la table ovale, face aux écrans en hauteur qui surplombent la salle.

LE Chevalier MYLAN:
- Ugo, vous assisterez le Chevalier De Rigaud. Comme l'a expliqué le Maître, l'une de nos membres est retenue prisonnière en l'an 1307, par le comte Geoffroy de Monsart.

UGO :
- Comment peut-elle atterrir en 1307 et être prisonnière de cet homme ?

Le Chevalier MYLAN:

- Dans le monde des rêves, il n'y a point de logique, ni espace-temps, et surtout pas de frontière entre les époques.

Et nul n'est à l'abri de se retrouver en danger dans un rêve peu importe l'époque.

En résumé, le comte a attiré en visualisant la dulcinée de ses rêves avec une si grande précision, d'un désir si intense, qu'il a donné forme à son rêve.

Notre sœur, membre de la confrérie, a été aspirée bien malgré elle dans le passé, dans la vie du comte.

Ce personnage machiavélique est un adepte de l'organisation des ténèbres, celle-ci est essentiellement composée de combattants de l'ordre du cauchemar.

Son groupement de mercenaires répand la terreur dans son sillage et frappe les pauvres âmes fragiles ou perturbées.

Si nous n'intervenons pas, elle deviendra son épouse, et nous la perdrons définitivement. Il ne nous reste que très peu de temps pour intervenir.

Ugo a la merveilleuse sensation d'être l'acteur d'une grosse production cinématographique.

Le Chevalier MYLAN:

- Le Chevalier De Rigaud maîtrise à la perfection cette période de l'histoire dont il va vous narrer l'essentiel et vous rendre compte de la situation.

Le Chevalier DE RIGAUD :   -
- Ugo, commençons par un petit cours d'histoire ! Afin que vous vous imprégniez de l'époque et de son contexte extrêmement périlleux. Voici l'origine des templiers.

Tout commence en" *1118. A la suite de plusieurs croisades, ceux que l'on nommait les croisés se sont réunis dans la confrérie des «Pauvres Chevaliers du Christ », avaient pour mission d'assurer la sécurité des routes et la défense des pèlerins. Le roi de Jérusalem Baudoin II leur octroie sa résidence, construite sur l'ancien temple de Salomon.*
La confrérie devient alors l'ordre des Chevaliers du Temple.
Sa charte, rédigée avec l'aide de Saint Bernard et inspirée de la Règle de Saint Benoît, reçoit en 1129 l'agrément du pape.
Comme tous les moines, les Templiers font vœux de chasteté, de pauvreté et d'obéissance..".

Ugo écoute attentivement la leçon d'histoire tout en observant l'écran face à lui qui diffuse des images relatant les faits … Tel un reportage.

Le Chevalier DE RIGAUD :
- Ugo , vous avez suivi les images qui ne sont, ni plus ni moins.. que des images extraites de rêves et pensées de personnages du moyen âge… je continue mon récit.

"En 1139, les Templiers relèvent directement de l'autorité du pape, ils peuvent avoir leurs propres prêtres et leurs églises ce qui leur permet d'être exonérés du paiement des dîmes.
Dès lors, l'ordre s'étend en Terre sainte et en Europe où les commanderies templières sont de vastes exploitations agricoles dotées d'une chapelle.
Afin d'assumer sa mission l'ordre expédie tout ce qui est récoltes et bétail vers l'Orient.
Grâce à ce système, les Templiers présents en Terre sainte pendant près de deux siècles ont appris à connaître leurs ennemis et le terrain sur lequel ils évoluent.
Ils vont s'implanter dans les États latins d'Orient comme une force militaire et politique souvent décisive.

Les templiers recrutent les «chapelains» qui forment le clergé des Templiers.

Les "sergents sans armes " ou " frères de métier " qui accomplissent les tâches de la vie quotidienne. Seuls les chevaliers, assistés d'écuyers et de frères sergents, remplissent la fonction première de l'ordre qui se résume à protéger les pèlerins et combattre les musulmans. Leur vêtement de combat ou de chœur est blanc, alors que celui des autres Templiers est noir ou brun. Tous ces habits sont brodés d'une croix vermeille au niveau du cœur ou sur l'épaule.

Tant qu'ils occupent encore l'Europe, ces moines chevaliers sont essentiellement des moines qui, assistés de paysans, mettent en valeur les terres.

Ugo attentif questionne:

— Tout ceci est très intéressant... mais quel rapport avons-nous avec cette histoire ?

Le Chevalier DERIGAUD :   -
Je vais y venir Ugo... Attendez la suite.

"En l'an 1291 après plusieurs massacres l'ordre est devenu impopulaire. On lui reproche les donations qu'il reçoit, son activité

financière, et les avantages octroyés par le pape.

Individuellement, les Templiers ne sont pas riches, mais beaucoup d'argent passe entre les mains de l'ordre, dépositaire du trésor royal et de même il assurait les transferts d'hommes et de fonds de l'Occident vers l'Orient.

On reproche également à l'ordre son orgueil, son échec en Terre sainte, sa rivalité et le refus de fusionner avec l'ordre des Hospitaliers".

Le Chevalier DE RIGAUD :

- Dans cette période s'installe des troubles, une tension et c'est ce qui va nous conduire à notre mission. Comprenez-vous Ugo où je veux en venir !

Je continue...

"À partir de 1305, le roi Philippe le Bel répand de graves accusations qui vont s'ajouter à ces critiques.

Il est question d'hérésie, d'outrage à la personne du Christ, d'idolâtrie, de rites obscènes.

Le vendredi 13 octobre 1307, Philippe le Bel, connu pour son respect des règles et de la religion, d'autant plus incité par ses conseillers, fait arrêter les Templiers et saisir leurs biens.

Tous les moyens sont bons, pour obtenir leurs aveux et condamner l'ordre comme corrompu, perverti, hérétique et affilié secrètement à l'islam.

Mis devant le fait accompli par le roi de France, le pape Clément V tente à plusieurs reprises de reprendre l'affaire en main afin de sauver ses soldats. En vain...

UGO :
- Pourquoi le Roi en avait-il autant après les templiers ?

Chevalier DE RIGAUD:
- Mais tout simplement , il craignait cette puissance que représentaient les templiers.

L'ordre incarne une institution indépendante et internationale d'environ quinze mille hommes. L'ordre des templiers devient une menace, il reste une seule alternative s'en débarrasser. Le roi voulant s'emparer des richesses et de ce fameux trésor, profitant ainsi des comportements individuels déviants et des traditions parfois malsaines de certains individus, il s'empresse de colporter dans tout le royaume cette accusation d'hérésie infondée. C'est une manipulation dont le Roi de France a su se servir.

En France, la plupart des Templiers sont morts en prison, de vieillesse ou de mauvais traitements et d'autres ont péri sur le bûcher."

Chevalier DE RIGAUD:
- Mais, revenons à cette journée du vendredi 13.

"Ce matin-là, dès l'aube, toutes les polices et gens d'armes de France et de Navarre, ont investi l'ensemble du territoire.
Ce soir-là, au terme de l'intervention ils capturent la plupart des templiers.
Ces arrestations se poursuivent dans toute l'Europe. Ce vendredi 13 octobre 1307, devient l'origine d'une croyance populaire, de bon ou de mauvais présage, qui persiste encore de nos jours, 700 ans après .
C'est ainsi que l'arrestation du grand Maître Jacques de Molay met un terme à l'ordre des templiers."

UGO :   -
Passionnant, mais… je ne saisis toujours pas la relation avec nous.

Chevalier DE RIGAUD :
- J'y arrive Ugo ! Au départ, je vous ai bien dit qu'un membre de notre confrérie est retenu prisonnier par le comte Geoffroy de Monsart.

Qui lui-même fera partie de ces fameuses arrestations, ainsi que son entourage. Tous seront exterminés ce jour-là.

Ce vendredi 13, le comte a bien l'intention de prendre pour épouse notre sœur. Ce mariage ne doit absolument pas être célébré.

Si nous tardons à intervenir, elle sera faite prisonnière et torturée pour finalement être exécutée.

UGO :   -
Mais voyons si c'est un rêve, elle ne peut mourir !!?

Le Chevalier DE RIGAUD :   -
Oui, mais à la condition qu'elle ne soit pas prisonnière des combattants de l'ordre des cauchemars. Si c'est le cas l'immunité disparaît.

Nous allons nous préparer pour notre mission. Il vous faut enfiler votre armure. Veuillez passer dans la salle de préparation afin de mettre votre tenue.

Ugo sort de la pièce pour se rendre auprès des assistants qui l'attendent.

Ses vêtements sont ôtés en commençant par son blouson, puis son sweat, et finir par son pantalon.

Il découvre des guenilles du moyen âge qu'il va devoir porter. On lui enfile une cotte de mailles, des bottes en ferraille et un long manteau blanc avec sa croix rouge.

Ugo est fier d'être habillé comme le Chevalier De Rigaud et se sent devenir Chevalier.

Mais il est vite surpris par le poids de sa tenue au premier mouvement tant celle-ci est lourde.

Il lui semble que la gravité s'est décuplée, et fait de gros efforts pour se déplacer.

Une réflexion lui vient spontanément :   -

Mais comment faisaient-ils pour se mouvoir toute la journée avec ça ? C'est une véritable torture !!

Chevalier DE RIGAUD :   -
On s'y fait, vous verrez.

UGO :   -
J'espère le voir rapidement car pour l'instant, si je devais faire la course avec un gastéropode, je serais certain de perdre. Alors si on m'attaque, n'en parlons pas.

Chevalier DE RIGAUD:
- N'ayez crainte je serai là pour vous protéger. Votre rôle est de récupérer rapidement notre consœur et de la ramener.

Il nous faut profiter de l'effet de surprise pour éviter tout affrontement. Au cours de mon dernier voyage dans leur époque, j'ai fait un repérage des lieux à l'intérieur du château.

UGO soulagé:
- Tant mieux. Je ne me sens pas à l'aise pour me déplacer dans cette tenue. Est-il possible de l'alléger ?

 Chevalier DE RIGAUD :   -
- hé non Ugo ! Vous êtes dans l'obligation de vous fondre dans l'époque et vous conformer aux usages et coutumes. Voici votre épée dont vous devez prendre le plus grand soin et honorer tel un preux chevalier.

Elle est aussi précieuse sinon plus que votre bien aimée... elle vous sauve la vie.
Le Chevalier lui tend son épée.
Ugo la récupère sans se douter de son poids qui l'emporte et le déséquilibre. Il essaie, tant bien que mal, de la manier mais se rend compte que pour lui, elle est horriblement lourde.

Son visage grimace et laisse apparaître un petit rictus qu'il essaie de cacher en s'esclaffant d'un seul coup.

Il se sent ridicule et joue la dérision tout en prenant conscience que c'est une véritable contrainte.

Le Chevalier DE RIGAUD :
- Qu'est-ce qui vous fait sourire Ugo ?

Ugo cesse de ricaner, reprend sa respiration et répond:
- Pff !... J'aurais préféré un western, les armes sont moins lourdes.

Mais visiblement le Chevalier n'a pas d'humour et le reprend :
- Vous feriez mieux de vous familiariser avec votre arme, notre départ est imminent.

Ugo s'inquiète de savoir comment mener à bien cette mission avec un poids pareil sur les épaules, en observant le maniement d'armes du chevalier.
Cela paraît si facile à le voir faire, quand lui a besoin de ses deux mains pour soulever cette arme.
Le Chevalier De Rigaud dépité abandonne la leçon sur le maniement de l'épée. Il demande aux assistants de lui trouver une épée factice.

Ainsi, ils ne se feront pas remarquer par l'inexpérience d'UGO s'ils croisent d'autres chevaliers.

En lui remettant, il fait une dernière recommandation :
Un chevalier ne se sépare jamais de son épée !!!

On lit le soulagement dans les yeux d'Ugo. Le voilà débarrassé d'un sacré poids.
Nos deux missionnaires s'apprêtent à prendre le départ, enfin presque.
Même si Ugo n'en mène pas large.
Ils se dirigent tous deux en direction de la porte des rêves.
On a l'impression d'entendre le bruit de machines à sous sur patte.

Ugo se risque à une dernière question:
- Heu!!!....Mais avez- vous un plan d'action ?

CHEVALIER DE RIGAUD:
- Je connais parfaitement les lieux... nous allons nous retrouver le jeudi 12 octobre 1307, la veille du massacre des templiers.
Il fera nuit et nous apparaîtrons aux abords du château de Geoffroy de Monsart où règnera l'effervescence pour les préparatifs du mariage

du comte et notre consœur, prévu pour le lendemain.

La plupart des soldats seront déjà dans un état d'ébriété avancé, ce qui va bien nous faciliter la tâche.

Les deux hommes se tiennent sur le pas de la porte des rêves, prêts pour le départ.

Ugo suit docilement le Chevalier mais néanmoins est envahi par une appréhension grandissante sur l'expérience qui se présente.

Il ne dit plus un mot mais pense très fort :
- Là, nous y sommes ! Nous voilà partis ... Seigneur, je dois être à moitié fou pour me laisser entraîner dans cette aventure qui dépasse l'entendement.

Dernières secondes d'hésitation avant de traverser le nuage. Maintenant il ne peut plus reculer et se retrouve dans un épais brouillard. Les battements de son cœur s'accélèrent et la peur le plonge dans un silence effroyable.

Le nuage s'évapore peu à peu, ils se retrouvent tous deux au pied d'un grand chêne.

Dans cette nuit profonde, la seule source de lumière est la lune… Le bruissement du feuillage dû à une légère brise… le hululement du hibou … rajoutent à la scène une inquiétude supplémentaire qui glace Ugo. En cet instant il donnerait n'importe quoi pour faire demi-tour. Le Chevalier, dans un chuchotement lui intime l'ordre, de ne pas parler, de se faire le plus discret possible et de le suivre.

Ils sortent du bosquet et se dirigent avec prudence vers le pont-levis qui, par chance est baissé.
 Nos deux protagonistes se retrouvent au pied des remparts de ce somptueux château fort demeure du comte Geoffroy de Monsart. Ils s'apprêtent à franchir le pont-levis quand leur attention est détournée par un vacarme assourdissant accompagné de cris de détresse.
Le nycthémère est déjà engagé depuis un bon moment et nous sommes à quelques heures de ce jour fatidique du vendredi 13 octobre 1307.
Des troupes sont postées à proximité de l'enceinte fortifiée, les soldats du roi ont déjà commencé leur mission en laissant par endroit des cadavres qui jonchent les douves du château…

En avançant péniblement dans leurs armures, ils se font remarquer par les gardes intrigués par la démarche mal assurée d'Ugo. Ils les interpellent.

Le Chevalier avec aisance, leur répond :
- Gardes !! Je suis le Chevalier De Rigaud, envoyé du Roi, je réponds à l'invitation du comte.

Les gardes n'insistent pas, baissent leurs lances et cèdent le passage à nos deux chevaliers. Nos deux missionnaires pénètrent dans le fort avec l'espoir de retrouver leur consœur dans les plus brefs délais…

Ugo est stupéfait de constater avec quelle assurance son instructeur maîtrise la situation et la facilité pour eux de pénétrer dans le château. Les voilà au milieu d'une place.

Une puanteur vient s'engouffrer dans leurs narines, elle est si forte qu'elle donne la nausée à Ugo. Un mélange de déjections, d'animaux morts suspendus et autres choses qui forment une odeur nauséabonde
Les décorations festives sur les murs et remparts de la citadelle ainsi que les préparatifs sont annonciateurs du mariage du Comte Geoffroy de Monsart.

La place est animée par une multitude de personnages.. hommes, femmes, enfants en guenilles ... qui boivent ... chantent...travaillent... se disputent.

Une véritable scène moyenâgeuse, de cinéma.

Il ne manque plus que Jacouille et le tableau est complet, pense Ugo.

Il est tellement captivé par les scènes qui s'offrent à lui que sa peur disparaît.

Prenant brutalement conscience qu'il est bien en l'an mille trois cent sept dans un véritable château au milieu de cette étrange population, comme plongé dans ses livres d'histoire. Il en oublie presque qu'il est ici pour une mission.

Le Chevalier ne tarde pas à le lui rappeler.

Tout en avançant dans les entrailles du château, il recommande une fois de plus à Ugo de ne pas dire un mot .Celui-ci malgré tout inquiet, se dit Intérieurement qu'il n'a vraiment pas l'intention de communiquer avec l'un de ces gueux.

En chemin ils rusent afin d'éviter les gardes qui croisent leur route.

Tout le monde est tellement absorbé par les préparatifs de la fête du lendemain que personne ne remarque la présence de nos deux agents des rêves.

Effectivement pour le Chevalier De Rigaud les lieux sont familiers.

Il en connaît le moindre recoin et se dirige sans hésitation vers le donjon où sont regroupées les chambres, dont précisément celle du comte et de sa prétendante.
Traversant une succession de couloirs, les uns à la suite des autres, ils arrivent au bas d'un escalier en colimaçon et gravissent les marches qui mènent au donjon.
Des soldats montent la garde devant la chambre.

Heureusement que des espaces se trouvent à chaque ouverture pour laisser pénétrer la lumière du jour et aussi ces renfoncements dans les couloirs qui permettent de s'y cacher.
Car pour l'heure, la luminosité ne tient qu'à quelques torches qui se consument.

D'instinct méfiant en usant de stratagème ils se retrouvent à proximité d'une autre salle ou se tient une réunion. La porte fermée, protégée par deux gardes, laisse échapper des discussions plutôt houleuses qui à n'en pas douter présage que la situation est plutôt tendue.
En effet le comte ainsi que quelques seigneurs et chevaliers templiers débattent au cœur d'une cellule de crise afin d'évaluer la situation.

Le comte:

- Mes amis, mes frères, le roi effrayé par la puissance de notre ordre a décidé de nous supprimer.. Nous devons réagir au plus vite si nous ne voulons pas perdre la bataille..

Un seigneur:

- Nous devons immédiatement en référer au Pape, il ne peut point agir de la sorte contre la puissance de l'église.

Le comte:

- Le temps nous est compté, personne d'autre que nous pour sauver la situation.

Un seigneur:

- Nous avons déjà mené une multitude de batailles, hors de France en Europe et en des contrées plus lointaines. Nous avons à notre actif tant de victoires que le pape ne saurait nous abandonner.

Le comte :

- Le roi nous fait passer pour des hérétiques et déblatère toutes sorte d'ignominies à notre encontre.. Cela lui permet en levant ses gens d'armes contre nous, d'éliminer une puissance qui le dérange, et surtout de faire main basse sur nos richesses. Ainsi il se fait passer pour sauveur auprès du peuple, renforce son pouvoir et remplit les caisses du royaume.

Il nous faut fuir mes frères, un de mes messagers m'annonce que l'armée du roi est aux portes du château.

Retrouvez vos domaines, il n'y a plus une minute à perdre

Le roi ayant anticipé sa terrible décision, a ordonné l'offensive plus rapidement que le laissait présager les messagers du comte. L'effet de surprise est significatif aux vues de l'état de terreur qui émane de tous les sujets qui vivent et gravitent au sein de la forteresse.

La colère domine et le ton ainsi que les échanges s'accentuent avant que tous les conférenciers quittent la salle en toute hâte.

Le comte prend bien soin de récupérer dans une armoire une bourse remplie de pièces d'or ainsi qu'une cassette contenant deux autres pièces également en or mais qui semble d'aspect bien différentes.

Soudain des bruits de pas précipités se font entendre à l'approche des gardes.

Tout en restant discrets, , Ugo et le chevalier De RIGAUD peuvent apercevoir la sortie du comte qui se presse d'un pas décidé. .

Il s'arrête devant une porte, sans un mot. Les gardes qui bloquaient l'entrée s'écartent.

D'un geste brusque, il ouvre la porte, entre dans la chambre et d'une voix ferme, ordonne à sa prétendante de le suivre, l'attrape par le bras en la tirant vigoureusement vers l'extérieur.

La femme refuse et résiste à cet ordre .Mal lui en prend.... le comte la bouscule en lui tenant fermement le bras et la sort vigoureusement de la chambre.

La femme révoltée s'écrie:
- Quelle brutalité mon bon ami ! Comment osez-vous me traiter ainsi ? Vous me semblez bien pressé de consommer... La coutume est d'attendre que la cérémonie du mariage soit prononcée.

Le comte: -
Il n'en est rien ma mie ! Cela n'est pas dans mes intentions, mais il nous faut fuir le château prestement.

La femme:
- D'où vous vient cette soudaine décision Monseigneur? Le jour n'est même pas levé.

LE COMTE:
- Pressez-vous, l'heure est grave, nous devons partir immédiatement.

LA FEMME:
- Partir ? Fuir ? Mais pourquoi donc ?

LE COMTE exaspéré:
- Mon fidèle messager vient de me prévenir que l'armée du Roi est déjà aux portes du château en prévision de l'assaut à l'aube pour nous anéantir. .

Ne perdons plus de temps et hâtez-vous !! Le carrosse nous attend !

 Il entraîne avec force   la femme et l'on aperçoit   plus   qu'une   longue   robe   où dépassent dentelle et froufrou, qui semble voler au-dessus du sol.

L'affolement dans le château presse tous les chevaliers templiers dans les couloirs. Cette précipitation provoque des bousculades, le comte suivi de sa dulcinée court de plus belle et se faufile.
Dans leur course ils percutent violemment le chevalier de Rigaud .Déséquilibré le comte laisse tomber dans sa chute la bourse pleine de pièces

d'or qui s'éparpillent sur le sol ainsi que la cassette. Celui-ci se relève immédiatement sans faire cas des personnes qui l'entourent, récupère sa bourse emplie d'or avec promptitude , tirant et entraînant prestement sa promise encore étendue sur le sol pour se diriger tant bien que mal vers la sortie. Alors que la femme tentait discrètement de récupérer la cassette, essayant de résister au maximum, encore assise sur le sol, malgré que le comte la ramène prestement vers lui , alors qu'elle est à deux doigts de se saisir de l'objet , au moment même où elle tend son bras le plus loin possible , à quelques centimètres, à peine le temps de l'effleurer avant que la force du comte l'emporte et elle se retrouve au bout du couloir devant la sortie.

Ses yeux expriment un mélange de rage et de déception devant cette impuissance. Dès qu'ils ont franchi les portes ils grimpent sur un attelage prêt à partir.

 Le Chevalier et Ugo assistent à la scène avec grand intérêt et voient s'éloigner le comte et sa belle escortés par les gardes.

Ugo s'est aperçu que le comte par mégarde a oublié la cassette, sur le sol à deux pas d'eux .Il remarque notamment que la femme qui lui tournait le dos, cherchait désespérément à s'en emparer..

UGO essaie du mieux qu'il peut d'entrevoir le visage de cette inconnue malheureusement il n'y parvient pas ...il est détourné dans cette démarche par tous les fuyards qui, dans leur course percutent et piétinent la boite sans y prêter attention.

Ugo tout en se protégeant de cette marée humaine récupère l'objet convoité ainsi que quelques pièces qu'il conserve précieusement, sans oublier l'objectif principal qui est de délivrer la femme. De Rigault après s'être aussi emparé de quelques pièces tombées de la bourse intime l'ordre, à son compagnon de voyage d'activer le pas afin de ne pas laisser trop de distance entre les fuyards.

Le Chevalier de RIGAUD fait la moue...
Il comprend que la mission se complique... Il réfléchit au moyen de les rattraper avant qu'il ne soit trop tard.

L'aube approche........

Ils se mettent à les suivre, la filature commence ... Nos deux Chevaliers n'ont pas d'autres choix que de se lancer à leur poursuite. Pour l'instant il faut éviter de se mettre en danger.

La fidèle escorte du comte est si occupée par la fuite, qu'aucun des protagonistes ne remarque la présence d'Ugo et du Chevalier.
Cela leur facilite grandement la tâche, malgré cet imprévu, ils ne doivent en aucun cas perdre leurs traces.

Les fuyards s'immobilisent devant un porche d'entrée où les attendent un somptueux carrosse et son attelage de magnifiques chevaux blancs.

Le cocher se tient debout, la porte ouverte, prêt à laisser monter sa seigneurie.
Le comte, rustre en oublie la galanterie et s'engouffre dans le carrosse, suivi de la femme.
Le cocher referme la porte et reprend sa place pour conduire son attelage.
Les gardes grimpent à l'arrière et se tiennent debout. Dans un claquement de fouet le carrosse démarre en trombe atteignant rapidement une vitesse folle
Le chevalier de Rigaud, suite au départ du comte se sent pendant un court laps de temps démuni.
Il a finalement le réflexe de se diriger directement vers les écuries. Ugo le suit sans discussion. Prenant conscience que la cassette devient encombrante, il en retire les pièces pour les glisser dans son caleçon, sans se douter une

seconde de l'importance de son butin, puis se débarrasse de la boite.

Une contrainte en moins, il ne pense désormais qu'à se procurer un cheval comme le préconise son acolyte. Le Chevalier réagit en se dirigeant immédiatement vers les écuries, suivi d'Ugo.

Ils sont dans l'action et Ugo en oublie le poids de son armure.
Ils sillonnent quelques ruelles ou règne une panique collective qui oblige les gens à se battre pour sauver leur peau.

Entre l'alcool et la panique le château est en ébullition laissant place à un désordre indescriptible en pleine débâcle.
Ce vendredi 13 qui présageait un jour de fête pour la célébration du mariage entre le comte et cette merveilleuse créature s'est transformé en cauchemar...
Nos missionnaires s'approchent de l'écurie, la porte est sous la surveillance d'un garde bien éméché. . L'homme est assis sur une sorte de caisse alors qu'il devrait être debout,
visiblement, il n'est plus en état de surveiller et d'en empêcher l'accès .Ugo lance une, puis deux, puis trois pièces sur le coté de l'écurie afin de faire diversion.

Comme il le pressentait le garde intrigué par le bruit métallique se déplace en titubant. Il perd l'équilibre pour s'emparer du trésor. Le Chevalier apprécie l'idée de cette action lumineuse émise par son compagnon et le félicite au passage.

Ugo et son compère en profitent pour se glisser dans l'écurie, se saisissent de selles puis l'attirail pour harnacher les chevaux. Le chevalier aide Ugo à se mettre en selle car il rencontre des complications, puis il saute sur son cheval.
Ugo se souvient de la première et dernière fois où il est monté à cheval, il devait avoir à peine une dizaine d'années.
Sur leurs montures, ils s'enfuient au galop alors que le garde se bat toujours avec l'équilibre pour ramasser son butin

Ugo surpris, déséquilibré par le galop s'accroche au cou de sa monture.

...Les voilà partis!

Les portes de l'écurie, déjà entrouvertes, s'écartent subitement pour laisser le passage.
Les passants s'écartent comme ils peuvent pour éviter d'être renversés par les chevaux. La lueur des torches laisse apparaître un spectacle

effroyable, les combats font rage de tous côtés, du sang coule abondamment des corps étendus dans tous les coins, des enfants crient et courent dans tous les sens, des femmes prisonnières de plusieurs agresseurs subissent des viols en série.

Poussés par leur mission, ils font fi de cette scène et galopent de plus belle pour rattraper leur cible.
Ils traversent une ruelle, descendent jusqu'à la place au galop et franchissent le pont-levis en un temps record. Les gardes imbibés d'alcool se laissent surprendre, il ne leur reste que l'interrogation et, impuissants, les regardent passer avec étonnement.

Une fois à l'extérieur, nos héros prennent la même direction que le carrosse.

La pleine lune éclaire leur route, c'est une chance car il fait toujours nuit. Ils suivent ce chemin sinueux qui reste particulièrement cahoteux, Ils devraient rattraper en peu de temps le carrosse qui avance moins vite.
Les deux cavaliers sont lancés au galop, prennent des risques avec si peu de luminosité mais ils n'ont guère le choix, il faut à tout prix rattraper les fuyards.

Ugo se familiarise assez rapidement avec sa monture.

Le Chevalier le précède, les chevaux font preuve d'une agilité et d'une rapidité exceptionnelles, si bien qu'ils finissent par apercevoir enfin au loin le carrosse qui file à vive allure.

Les gardes les repèrent et signalent ces cavaliers qui les suivent.

Le cocher fouette son attelage, accélérant ainsi la cadence.

Mais il a beau faire, les chevaux ont atteint leur vitesse maximale.

Il ne peut semer les traqueurs qui se rapprochent dangereusement.

Tout le monde est lancé à bride abattue, le carrosse franchit rapidement une ligne droite , un virage puis un autre une dernière ligne droite avant qu'une grosse pierre, à la sortie de la courbe suivante, le sort de sa trajectoire et fait basculer le fiacre.

Dans sa course folle, le carrosse déséquilibré bascule en effectuant des tonneaux.

L'attelage s'est décroché.

Les gardes sont éjectés et gisent sur le sol.

Le cocher reste accroché aux rênes, elles se sont enroulées autour du bras. Il est traîné au sol par les chevaux qui continuent à galoper.

Les courroies finissent par lâcher mais il reste, lui aussi, inanimé sur le chemin.

Ugo et le Chevalier assistent de loin à l'accident, en profitent pour accélérer leur galop, espèrent que la femme n'a rien de grave et remercient le ciel pour ce coup de pouce du destin.

Le chemin est bordé de grands champs de blé, et le carrosse a fini sa course au milieu des épis.

Il est couché sur le côté, on devine par les battements de la porte qui s'entrouvre et se referme sans cesse, que les occupants essaient d'en sortir.

Il en sort une tête féminine, la femme soulève de toutes ses forces la portière pour s'extraire.

À distance, nos deux cavaliers devinent que c'est la femme qui vient d'en sortir et se sentent rassurés.

Elle, de son côté, fuit à travers champs ignorant qu'il s'agit de sauveurs à sa recherche , venus avec la seule intention de la secourir .

Ils aperçoivent une nouvelle fois la porte du carrosse qui s'ouvre, pour laisser apparaître le comte qui s'en dégage péniblement.

Du sang coule de son bras...il fait face aux deux cavaliers s'apprêtant à les affronter persuadé que ce sont là les gens d'armes du Roi.

Il retire l'épée de son étui et dans une position de défense , provoque:
- En garde chevaliers !!.

Le chevalier De Rigaud dans un signe d'apaisement, lève la main, fixe son adversaire, s'immobilise, et descend de sa monture évitant le duel.
Il souhaite simplement lui parler mais le comte reste déterminé en position menaçante prêt à en découdre.

Ugo sur son cheval observe la confrontation.

Sa monture, surprise, effrayée par l'attitude des deux individus, se cabre et le désarçonne.
Ugo éjecté s'étale dans un bruit de ferraille de tout son poids, sur le sol d'où Il se relève avec difficulté.
Il s'aperçoit que, dans la cavalcade, il a perdu une grande partie des pièces qui se trouvaient dans sa bourse.
Il ne lui en reste plus que deux... ces pièces qu'il essaie de glisser au travers de l'armure pour les dissimuler à l'intérieur de son boxer.

Ces pièces qu'il souhaite conserver absolument, comme souvenir de l'époque où il se trouve.

Il se débarrasse de la bourse en peau de bête qui désormais vide, l'encombre.

Chevalier DE RIGAUD:

- Ugo ! Hâtez-vous de porter secours à notre agent ! Il vous faut vite la retrouver... ! Il ne nous reste que très peu de temps.

Aussitôt, Ugo prend la direction empruntée par la femme et se surprend à courir.

La situation est grave, il lui faut se surpasser et mener à bien cette mission.

Le Chevalier De Rigaud et son adversaire se toisent et se provoquent et ainsi, commencent le duel.

Le comte d'une forte corpulence, doté d'une musculature impressionnante se poste devant lui.

Bien que le Chevalier De Rigaud soit lui-même d'allure athlétique, au niveau physique la différence de stature reste inégale.

Ugo s'éloigne à travers champs, en courant, et perçoit la violence du combat au travers du son des épées qui s'entrechoquent.

Il s'enfonce au milieu des blés quand apparaît au loin, le toit d'une ferme.

Il en prend la direction, espérant que la femme s'y soit réfugiée.

Il commence sérieusement à s'épuiser.

Il fait confiance à son intuition qui le guide et finalement, il l'aperçoit, ce qui lui donne des ailes et du courage pour continuer.

Pendant ce temps le comte semble prendre le dessus sur le chevalier De RIGAUD, le combat reste disproportionné, il garde l'avantage de manipuler son arme avec plus d'aisance.

Les cris qui accompagnent chaque coup d'épée témoignent de la puissance avec laquelle ils sont portés.

L'instinct de survie donne la hargne, la haine, et la puissance.

Tous les ingrédients y sont...

C'est loin d'être un jeu, le Chevalier De Rigaud, au cœur du combat le sait bien.

Il connaît toutes les stratégies, et les applique une à une, pour neutraliser son adversaire.

Mais le comte est un combattant coriace qui malgré ses blessures lui assène des coups toujours aussi violents qui l'affaiblissent.

Courageusement il résiste et réussit péniblement à parer ce dernier coup. Pourtant il va lâcher prise, ses forces l'abandonnent.

Le comte constate que son adversaire est à bout de souffle et en profite pour lui infliger un autre coup en y mettant le restant de son énergie ce qui déséquilibre le Chevalier De Rigaud qui se retrouve à terre.

Le Chevalier ferme les yeux pour ne pas voir le coup fatal.

Le comte arme une dernière fois son bras de manière à porter le coup de grâce à son valeureux adversaire.

C'est dans cette dernière vision que le Chevalier aperçoit la lame au-dessus de lui, prête à l'embrocher.

Vaincu, il abdique et accepte la mort en fermant les yeux.

Un bref silence avant de ressentir le choc d'un poids qui l'écrase dans un bruit de ferraille.

Le Chevalier De Rigaud se demande si c'est le passage dans l'au-delà.

En tous cas, mis à part ce fardeau qu'il sent sur lui, il ne ressent aucune douleur.

Il est persuadé qu'il est reparti dans l'autre monde sans douleur.

Il se décide à ouvrir les yeux, se rend compte qu'il est toujours sur cette terre et bien vivant toujours au cœur de sa mission.

Il se défait du corps du comte qui l'écrase.

En le repoussant, il voit que l'homme est transpercé de part en part d'une flèche.
Le Chevalier s'interroge sur ce dénouement, relève la tête et voit autour de lui les archers du Roi qui l'entourent. Il est plein de gratitude pour ses sauveurs.

Avant d'entendre un archer qui le somme :
- Au nom du Roi, Chevalier, je vous arrête!

Le Chevalier De RIGAUD:
- Pour quel motif soldat ?

L'ARCHER:
- Notre ordonnance est d'éradiquer tout ce qui se rapproche des templiers. Alors, au nom du Roi, je vous demande si vous êtes templier?

Le Chevalier De RIGAUD:
- Difficile d'affirmer le contraire avec les vêtements et couleurs que je porte.

L'ARCHER:
- hé bien!! Chevalier... je vous donne une chance de rester en vie. Soit... vous renoncez à votre ordre....

..et vous dénigrez votre Dieu en crachant sur la croix de votre blason!!.... Soit ...je finis le travail qu'a commencé votre assaillant.

Pour le Chevalier le choix est vite fait, il ne va pas jouer au héros pour une cause qui n'existe plus pour lui depuis sept cents ans.
Il se relève, renie l'ordre à haute voix, insulte son Dieu, retire son manteau et crache comme convenu sur la croix rouge qui le recouvre.

Les soldats s'approchent du Chevalier, prennent le manteau, le brandissent, lancent des insultes, puis terminent en brûlant le vêtement.
Ils prennent soin de démunir le Chevalier De RIGAUD de son épée, afin de l'humilier en le privant de son bijou d'acier. La pire des insultes pour un Templier.

Avant de tourner les talons ils prennent le temps de récupérer les armes et le butin des victimes du carrosse puis scrutent l'horizon avant de partir à la recherche d'autres proies.

Ugo étant presque arrivé à la ferme cherche la femme qui a disparu de son champ de vision.

Plus que quelques pas et se retrouve dans la cour de la ferme.

Une paysanne sort du bâtiment effrayée.. ...
Certainement le fait de se retrouver nez à nez avec Ugo.

Son allure de Chevalier l'impressionne ...

Des enfants la suivent, crasseux et bruyants.
L'odeur qui flotte dans l'air de cette ferme est à la limite du soutenable pour Ugo.
Elle est due à un mélange de déjections animales et humaines.

Ugo prend conscience de l'insalubrité qui règne à cette époque du moyen âge et instinctivement regrette la sienne.
Le temps d'un flash, il pense qu'il y a quelques heures encore il se trémoussait dans sa baignoire balnéo.

Cela renforce son opinion, mieux vaut vivre de nos jours.
Défilent sous ses yeux, des porcs, des vaches, des poules, tout ce qui compose une basse-cour. Les enfants, habillés de leurs guenilles recouvertes d'une couche de crasse impressionnante,

courent et essaient de rattraper les volailles.

La fermière reste sur ses gardes ne sachant pas vraiment ce que veut Ugo.

Ugo lui pose des questions auxquelles elle ne répond pas. Il insiste mais elle s'enferme dans un mutisme total. Ugo sait, que celle qu'il recherche est à proximité, si bien qu'il hausse la voix et commence à s'énerver.

La fermière appelle ses enfants, les fait entrer dans la maison et referme sa porte.

Ugo ne s'attendait pas à cette réaction. Il se présente devant la porte pour toquer quand les cris d'une femme venant des écuries attirent son attention.

Ugo pense immédiatement que ce sont les appels de détresse de celle qu'il cherche. Il se guide au son des cris, puis plus un bruit.

Il se trouve que la femme, dans sa fuite après l'accident, s'est réfugiée auprès de cette famille de paysans.

Le fermier lui propose de la cacher dans la grange, il pense que c'est le seul endroit où personne ne la trouvera. Il l'accompagne, lui indique le chemin de cette cachette qu'il préconise idéale.

La femme est magnifique, la robe qu'elle porte, malgré tous les froufrous, laisse s'exprimer ses plus belles courbes.

L'homme montre des signes de désirs et cherche à profiter de la situation.
Il demande à la femme de se laisser faire, il veut profiter de ses faveurs.
Elle résiste bien déterminée à ne pas céder aux avances de ce gros porc.
Elle le trouve répugnant, il dégage une odeur pestilentielle.
Il a un physique des plus désagréables... ..Des cheveux aussi gras que de l'huile de vidange ... il n'a que quelques dents ...En deux mots il fait peur à voir et la dégoûte.

L'homme commence à lui caresser la croupe.

Elle le repousse et le fuit pour éviter ses mains. Celui-ci devient de plus en plus entreprenant et attrape la robe pour la soulever.

Elle se déplace et le repousse à nouveau.

L'homme est bien décidé à se passer de son consentement... et à goûter à cette superbe plante. Il la rattrape encore, lui bloque les bras, essaie avec brutalité de l'embrasser.

Elle ne cède pas et résiste de toutes ses forces mais l'homme à une force bien supérieure.
Elle continue à se débattre de plus belle, jusqu'à lui griffer violemment le visage.

L'homme était jusque-là simplement excité, mais cette griffure au visage le met hors de lui. De colère, il assène un violent coup de la main droite sur le haut du crâne de sa victime.

Elle s'écroule sans connaissance dans les bottes de paille.
Le rustre ne se soucie pas de l'état de la femme et au summum de l'excitation s'empresse de relever sa robe.

Il est subjugué par les belles et longues jambes de cette merveilleuse créature.
Il remonte encore, ballade ses horribles mains jusqu'à son intimité.
Il est satisfait, il peut enfin faire ce qu'il veut, la femme est sans réaction assommée par le coup qu'il lui a porté.
Il continue par dégrafer son bustier. Il ne sait plus trop par où commencer.

Il revient sous la robe, en arrachant les bas de laine, comme s'il lui fallait se dépêcher avant que celle-ci ne revienne à elle.

Il se perd dans ses dessous affriolants. Il bave de désir devant ce
joyau qu'il presse maladroitement de ses mains aux gros doigts.

L'impatience le gagne. Il essaie d'arracher le reste des vêtements puis se place entre les cuisses de sa victime et se prépare à abuser d'elle.
Quand soudain, il s'écroule à son tour.
Il vient de recevoir un coup de manche de fourche sur la tête.
Ugo en preux chevalier arrive juste à temps, et porte immédiatement secours à la femme.

Elle a encore la tête recouverte de sa robe relevée. Ugo s'empresse d'abaisser la robe et de lui remettre en ordre ces vêtements.

Il découvre alors avec stupéfaction son visage. Il est tétanisé par la surprise... Son cœur fait un bond ... La femme n'est autre que ......Carole.
Il essaie de la ranimer mais elle ne bouge toujours pas. Il tente de la relever.
C'est difficile, mais il trouve en lui les ressources qui décuplent ses forces Il soulève Carole...
 Le Chevalier De Rigaud apparaît devant la porte et vient en aide à Ugo.

Celui-ci apprécie sa venue et remarque que son compagnon d'aventure n'a plus sa superbe allure de Chevalier, tant il est mal en point.

Mais leur premier objectif est de sortir Carole de cette situation dramatique.
Ugo tient fermement Carole évanouie dans ses bras, tel une princesse endormie qu'il va déposer dans son lit.
Notre trio se retrouve à l'extérieur de la grange et se dirige vers un chariot attelé à des bœufs.
Le Chevalier prend les commandes des bêtes alors qu'Ugo allonge prudemment sa princesse dans la carriole et s'assoit à ses côtés, la couvant des yeux avec une infinie tendresse.
Le Chevalier mène son attelage au point de rendez-vous, au pied des remparts, sous le chêne, à quelques pas du pont-levis.

C'est par là qu'ils étaient arrivés, c'est d'ici qu'ils repartiront.
Le chariot avance lentement mais sûrement.
Ils ne sont plus qu'à quelques mètres....
Il y a de l'agitation autour du château, les gens d'armes du Roi sont déjà sur place.
Le chevalier De RIGAUD arrête la carriole et en descend faisant de son mieux pour ne pas attirer l'attention des gardes, tout en aidant Ugo à transporter Carole.

Ce dernier la serre très fort contre lui.

Quand des voix de soldats au loin les interpellent:
- Halte là ! Au nom du Roi, présentez-vous devant la garde.

Ugo et le Chevalier font semblant de ne pas entendre et se pressent pour arriver au passage.
Les soldats hurlent et ordonnent de s'arrêter.

Ugo a un peu de retard sur le Chevalier De RIGAUD qui est déjà en place devant la porte des rêves.
Les soldats se mettent à courir dans leur direction...les archers tendent leurs arcs...

Ugo se met à courir, il ne lui reste plus que deux derniers mètres pour atteindre le passage.

Lorsqu'enfin il y parvient, il se retourne et fait face aux assaillants une dernière fois.
Ils deviennent des cibles et voient les flèches fendre les airs.
Ils restent figés par la panique et si près du but ... ils sont persuadés que leur dernière heure est arrivée !

Ils n'ont pas le temps de réagir qu'ils sont propulsés et se retrouvent dans le nuage de fumée.

Ils entendent le moteur de l'extracteur qui dissipe le nuage.

Les voilà revenus au centre, soulagés.

Le Maître ainsi que tout le personnel les accueillent à leur arrivée dès le franchissement de la porte des rêves.

Le Chevalier De Rigaud apparaît le premier, il est applaudi pour la réussite de la mission.

Ugo serre toujours Carole dans ses bras... elle revient à elle et passe spontanément ses bras autour de son cou.

Pour eux, le temps s'est arrêté. Ils se dévorent l'un l'autre des yeux. L'amour qui les unit les emporte hors du temps.

Carole rapproche ses lèvres de celles d'Ugo, le serre si fort et se colle à lui.

Au moment où ils n'allaient faire qu'un, Ugo entend des voix l'appeler :

- Ugo ..! Ugo...! Ugo...!... Reviens avec nous !

Ugo ouvre les yeux, il ne comprend plus rien, il se retrouve allongé sur son canapé avec tous les invités autour de lui et se demande ce qui se passe.

Martine lui dit :
- Ah !! Enfin Ugo… vous êtes revenu avec nous !!

ELLA :
- Tu m'as fait peur mon chéri… j'étais sur le point d'appeler les pompiers.

UGO :
- Ca va !…ça va ! Je vais bien, mais…mais que m'est-il arrivé ?

CAROLE :
- Vous avez eu un malaise !

Ugo la dévisage déboussolé, fait un arrêt sur son regard.
Carole est bien là…! Près de lui… il ne rêve pas, elle lui tient la main et lui parle.
Mais sa plus grosse surprise est de constater que Carole a une grosse bosse sur le front ce qui le laisse perplexe.
Ils sont encore les yeux dans les yeux, une osmose permanente les relie, que ce soit dans ce monde ci ou dans l'autre, toujours cette troublante émotion.

Ugo est aux anges, il ne rêve pas, il plane jusqu'à ce qu'Ella le sorte de son nuage :
 - Veux-tu un verre d'eau chéri?

Ugo la regarde, se relève sans dire un mot en refusant d'un mouvement de tête.

En se redressant, il ressent une douleur au niveau de l'aine. Quelque chose le gène dans son boxer.

Tout en grimaçant, il plonge sa main à l'intérieur et en sort des objets qu'il découvre en ouvrant les doigts.

La surprise est de taille ….elle provient d'une autre dimension !

Apparaissent les deux pièces d'or récupérées chez le Comte...... !

.... FIN DU VOLUME 1..............

Remerciements

À Monia qui a cru en ce projet, m'a soutenu et encouragé avec gentillesse et spontanéité. Sa confiance et sa bienveillance ont permis à mon inspiration d'éclore et mettre au monde ce beau bébé sorti tout droit du monde des rêves.

À Christine DIBERNARDO pour sa précieuse aide, et sa participation à la correction.

À Alireza ABBASSI brillant graphiste doté d'un talent inégalable en créativité.

À Patricia SADOK pour son attentive relecture.

À Anita GAUDNER pour son talent, sa passion et son énergie.

À Sandrine MESLIN pour sa participation et les mises en relation relative au projet.

À Thierry MIEZE, brillant conseiller en développement et communication.

À la bibliothèque de LEVENS pour son concours et la place qu'elle donne aux auteurs.

EDITIONS - PRODUCTION   MSAC

121 Avenue des Champs Elysées
75008 PARIS

www.ugochevalierdesreves.fr

Dépôt légal - 284021
02 Novembre 2016

www.ingramcontent.com/pod-product-compliance
Lightning Source LLC
Chambersburg PA
CBHW050415260626
47156CB00003B/1021